嶺南史料筆記叢刊

荔村隨筆（外三種）

嶺南文庫

［清］譚宗浚 著　李 霞 點校

SPM
南方傳媒　廣東人民出版社
·廣州·

圖書在版編目（CIP）數據

荔村隨筆：外三種／（清）譚宗浚著；李霞點校. —廣州：廣東人民出版社，2023.12（2024.6重印）
（嶺南史料筆記叢刊）
ISBN 978-7-218-17089-3

Ⅰ. ①荔…　Ⅱ. ①譚…　②李…　Ⅲ. ①隨筆—作品集—中國—清代　Ⅳ. ①I264.9

中國國家版本館 CIP 數據核字（2023）第 216203 號

Licun Suibi（Waisanzhong）

荔村隨筆（外三種）

［清］譚宗浚　著　李　霞　點校

出 版 人：肖風華

叢書策劃：夏素玲
責任編輯：謝　尚
責任技編：吳彥斌　周星奎
封面題字：戴新偉
封面設計：Amber Design 琥珀視覺

出版發行：廣東人民出版社
地　　址：廣州市越秀區大沙頭四馬路 10 號（郵政編碼：510199）
電　　話：（020）85716809（總編室）
傳　　真：（020）83289585
網　　址：http://www.gdpph.com
印　　刷：恒美印務（廣州）有限公司
開　　本：889mm×1194mm　1/32
印　　張：5　字　數：97.3 千
版　　次：2023 年 12 月第 1 版
印　　次：2024 年 6 月第 2 次印刷
定　　價：68.00 元

如發現印裝質量問題，影響閱讀，請與出版社（020-85716849）聯繫調換。
售書熱綫：（020）87716172

《嶺南史料筆記叢刊》凡例

一、"嶺南史料筆記"是與嶺南這一特定區域有關的筆記體著作，隨筆記録、不拘體例，是瞭解和研究嶺南地區歷史文化的珍貴資料，能補史之闕、糾史之偏、正史之訛。

二、《嶺南史料筆記叢刊》（以下簡稱《叢刊》）收録之"嶺南史料筆記"，包括歷史瑣聞類、民俗風物類、搜奇志異類、典章制度類，不收今人稱爲小説的單篇傳奇及傳奇集，包含嶺南籍人所撰史料筆記及描寫嶺南地域之史料筆記。

三、筆記創作時間以1912年以前爲主，兼收民國時期有價值的作品。

四、《叢刊》採用繁體橫排的形式排版印刷。

五、整理方式以點校爲主，可作簡要注釋。

六、整理用字，凡涉及地名、人名、術語等專有名詞之俗字、生僻字，儘量改爲常見的繁體字；對一字異體也儘可能加以統一。每種圖書在不與叢書用字總則衝突的情況下，可根據實際情況而定。

七、凡脱、衍、訛、倒確有實據者，均作校勘，以注腳形式出校記。未有確據者，則數説並存；脱字未確者，以□代之。

八、《叢刊》避免濫注而務簡要，凡涉及嶺南地域特色之風物，可以注腳形式下注；爲外地人士所不明者，酌加注釋。

九、《叢刊》暫定收録一百多種，分爲若干册，每個品種單獨成册，體量小者可酌情結合成册。每册均有前言，介紹撰者、交代版本、評述筆記内容和價值；書後可附撰者傳記、年譜、軼事輯録、索引，及相關文獻資料。

荔村隨筆

荔村隨筆 一 辛巳叢編

南海謝宗陵撰

吳柳塘御史

吳柳塘御史

背戴文節公遺事

荔村隨筆 二 辛巳叢編

荔村隨筆 三 辛巳叢編

背戴文節公遺事

《荔村隨筆》書影

1

止庵筆語

壬戌十月
刊于京師

止庵筆語

南海　譚宗浚　叔裕

江都史繩之方伯云論人不宜觀成敗律己則宜觀
成敗譬如科第未中畢竟是學問尚疏仕宦不遷畢
竟是才能尚小如此方是聖賢克己功夫
閹伯夷之風者頑夫廉懦夫有立志畢竟是三代上
之風今則貞女懷清之閭夏姬過而弗睨廉吏模陋
之室貪酷哂其太懇欲其知媿勵也難矣
凡人之太謙者多詐而太好夸者多忌才近時左文
襄公見客必自述戰功津津不去口故晚年所薦剡
者不盡佳士
史繩之方伯云離卦中虛而主文明之象可知凡有
學問者未有不虛心者也旨哉言乎
讀書作字皆能收放心與念佛經同但我輩讀書作
字皆不如彼教念佛經之有恆則福田之說誘之也
其實儒釋止是一理
歐公在夷陵閱陳年案牘歎其顛倒是非因有文章
止朮潤身政事足以及物之語余謂此猶是北宋之
風俗醇厚也余攝滇臬時府縣各招冊皆鋪敘完好
全不見有破綻處及登堂訊鞫則犯供與招冊大相

一

《止庵筆語》書影

光緒十一年夏五月初六日奉

上諭雲南糧儲道員缺著譚宗浚補授欽此臣聞

命之下感惶難名當於初七日趨詣謝

恩蒙

召見

養心殿

皇太后垂詢汝到過四川否臣謹對從前曾任四川

學政又

問四川考試弊竇甚詳又云聞汝能整頓否臣謹對

又

日試場作弊防不勝防惟能斟去其太甚而已

又

問到雲南路程極遠臣未敢對又

問到雲南是否皆陸道臣謹對官站皆陸路若走辰

沅一帶水道亦通又

諭云通來官場習氣甚深汝到時務宜力加整頓事

事皆當認真以期共濟時艱毋得因循貼誤臣謹

對以當恪遵

聖諭又

問起程在何日臣謹對以領憑後即起程少頃

《于滇日記》書影

旋粵日記

余在詞垣素不欲外任為東海徐尚書中傷忌

城强以京察一等保送乙酉五月遂拜督儲滇

南之

命是年十二月接篆視事然睠睠戀

闖之意未嘗忘也先是在京時友人或云糧暑風

水不利者余弗深信及抵任見公事不能大有

作為而鬱鬱獨居逆嬰癗疾上書移病者屢矣

而為紳民所留上游亦弗允迨丁亥八月得癗

疾未幾漸愈而元氣大虧變為兩骽酸軟至戊

子正月腳氣益甚行步蹣跚嘗衝參須兩人扶

持上游始有憐憫之意滇省醫生又無能辨病

源者或謂以糧暑風水為詞余於是決然作歸

計矣以戊子二月初五日移疾初八日奉憲檄

准其開缺回籍并委松晴濤觀察林來署糧篆

於十九日起程是日辰刻同鄉諸君在雨廣會

館公餞意可感也已剋出城曾摯民方伯 紀鳳

鄧小赤廉訪 華照 湯幼莓 聘珍 松晴濤林鄧樂

君 在垣 三觀察挂香雨太守 宗樂 變臣大令理

璧暨諸僚屬并各營員弁送者近百人督撫學

《旋粵日記》書影

目　録

前　言

譚宗浚其人，在今日可說是没有太多存在感的。一般人會留意到他，多半是由於其父其子——我當初關注他，想來也是因此吧。

其父譚瑩，在嶺南學術史和文獻學史上皆有名於世。他早年承封疆大吏兼漢學大家阮元賞拔，後長期任學海堂學長；特別用力於輯録文獻，尤其爲洋商伍崇曜編刊《嶺南遺書》、《粵雅堂叢書》，爲潘仕成編刊《海山仙館叢書》，係其最著者。

其子譚祖任，則以私家之力成就了"譚家菜"，在民國美食史上留下盛名。

譚宗浚既是名父之子，又是名子之父，夾在中間，聲名最是冷落。但若論生前身後，他其實倒是祖孫三代裏最"成功"的一個，甚至也是著述最多、成就最大的一個。譚瑩有功於文獻學，留下了詩文集，其詩也甚不俗，但他的科名止於舉人，當時似只是影響嶺南一方的人物；譚祖任官位不顯，只算是小名士，身後留下了一冊《聊園詞》稿本，若存若亡（李一氓曾收藏，今不知下落）。相比之下，譚宗浚在二十八歲時考中進士，且是高中第二名榜眼，起點之高，前途之大，自是其父其子遠不能及的。後來他在雲南任上積勞成疾，旋病故於返鄉途中，壽僅不惑，但即便如此，他也留下了不少著述，除了《希古堂集》、《荔村草堂詩鈔》及《續鈔》之外，更有專著、筆記多種：史學方面有《兩漢引經考》、《晉書注》、《遼史紀事本末》、《金史紀事本末》，尤以《遼史紀事本末》用力最深；另有筆記《珥筆紀聞》、《國朝語林》（據廖廷相《希古堂集序》；唐文治《雲南糧儲道署按察使譚叔裕先生墓碑》）。這還不包括他編纂的《蜀秀集》、《皇朝藝文志》、《清史文苑傳稿》（參《廣州大典總目》，廣州出版社 2017 年版，第 15 頁）。

如此看來，譚宗浚不僅在科舉上春風得意，在著述上也是全面的，詩文、史學、筆記各體皆備，在他身上，一個傳統士大夫的典範已然"完成"。只可惜天不假年，未盡之才，未展之志，只成就了一個"譚家菜"之父的聲名！

以我有限的聞見來看，晚清嶺南的人物，前有探花李文田，後有榜眼譚宗浚，皆科名顯赫，又均致力於史學——李著有《元秘史注》、《元史地名考》、《西游錄注》、《塞北路程考》等，譚著有《遼史紀事本末》、《金史紀事本末》，皆涉及後來陳寅恪所謂"塞外之史"、傅斯年所謂"虜學"的範圍，正反映出晚清學術史的新風氣。是探花榜眼，正可相匹，堪稱近世嶺南文化的"絕代雙驕"了。

譚宗浚死於光緒十四年，即 1888 年，下不及甲午、戊戌，更不必説辛亥了。但假使他健在的話，到辛亥時也不過六十五歲，作爲堪與張蔭桓、康有爲、梁啓超、梁鼎芬並列的名士，定當爲嶺南政教增一重鎮，那麽，他又會有怎樣的作爲呢？這是很令人遐想，也很令人惋惜的。

收入本書裏的，是譚宗浚的筆記和日記，各兩種。《止庵筆語》、《荔村隨筆》兩種，在體例上皆屬札記，應非作於一時，不易確定其寫作的起始年月，但卻不難知道其截止時間。譚氏在光緒十一年（1885）赴雲南任職，至光緒十四年（1888）離開，前後約兩年餘。而《筆語》裏提到，"余在滇，見前任貪贓婪劣，所不忍言"，"余在滇中，見遍地皆種罌粟花"；又説"余任糧道年餘"，是指他任職雲南糧儲道；還有一處提及某氏贈陸隴其詩有"在官貧過無官日"之句，自稱"在滇兩年皆如此"。《隨筆》"尺牘佳句"一條則有云："頻年師友投贈書札，每有佳句，輒不能忘。余外擢雲南糧道，合肥師相賀……"由此，至少可知這兩種筆記的撰寫都截止於雲南期間，也就是他生命最後的一兩年。

至於《于滇日記》、《旋粵日記》兩種，則分别作於赴雲南和因病返粵途中，而後者顯然是他的絕筆了。

《筆語》、《隨筆》都是筆記，但内容是有所區別的。大抵《筆語》側重“雜感”，《隨筆》近於“軼事”，但也不無性質錯雜難分之處。以下各舉例若干，以見其内涵之一斑。

先看《筆語》。

有一條是評論清代名儒品格或性格缺點的：“……顧亭林、杭大宗、洪稚存輩，稍流於畸僻，然或有託而逃正未可知。若毛大可之詆訶紫陽，則謬甚矣。戴東原、孫淵如、陳恭甫頗不滿於鄉論，不知何故。朱竹垞以風懷詩致貽口實，閻百詩識見頗陋，然尚無大疵。若江鄭堂、汪容甫、龔定庵輩，直是狂倨罵人，無足取矣。段懋堂大令小學甚精，然其宰蜀時，亦不聞有循聲。《嘯亭雜録》又載，王西莊有貪黷之名，未審信否。昔人謂好考據者多貪財，好詞章者多漁色，雖未必盡然，然取法正不可不慎也。”這一大段堪稱酷評，而且直是打倒一大片，由此足見其直筆敢言了。

又有一條是針對“民族英雄”林則徐的，係從友人處聽來的傳聞：“……侯官林文忠公之政績固爲一代名臣，然亦頗善取名譽，凡行一善政，立一奇功，必寫親筆信一二百函，上自樞府鉅公，下及韋布名士，並禪僧羽客之熟識者，咸有手書詳細備述。得其書者珍如拱璧，皆樂爲之延譽。故道光中督撫辦事精細者頗不乏人，而公享名獨盛，抑亦其應酬周到之功也。余見胡文忠、丁文誠、沈文肅及近時李合肥、閻朝邑相公、彭雪琴宮保，皆喜以親筆書致人，在署中判牘外，惟寫信而已。或亦即文忠之意。”可知林則徐頗善於利用“社交網絡”邀譽，這應是他不甚爲人所知的一個側面。而且，這不止事關林氏個人的作風，由此更可見當日官場的普遍現象，在“微觀政治學”立場也是很有價值的。

又有一條是録其老師陳澧的話：“本朝經學大盛，美不勝收，皆造五鳳樓手也。然境地敻絶，不可攀躋。我輩誘進後學以經術，正如爲五鳳樓造一梯耳。”這段話，我不知是否見於他處，持以請教專門研治陳澧的李福標君，他也説没有印象，是則可見其難得了。

以上皆有關人事，而無關大局，但《筆語》也有涉及當時天下大勢者。

如有一段專門談和戰問題：“古今來邊事，類皆武臣主戰，而文臣主和。今則反是，督撫任膺閫寄，動以不宜妄開邊釁爲詞，而主戰者多出於未經歷之詞臣臺諫，無怪乎愈談邊務，而邊務益無所措手也。或曰：然則爲督撫者將如何？余曰：主戰主和皆爲國家辦事，未見戰必是而和必非也。與其浪戰而貽害生靈，不如主和較爲持重。然京官可言和，外官斷不可言和。敵至則修甲兵，嚴警備，慎固封，守效死，勿去而已。烏可先言不宜戰，以示己之怯弱哉！”他的看法，是守土者有其責，有不得不戰之勢，但主持大局者應顧全大局，當和則和，不應勉強主戰，而以主和爲恥。這個意思，在當時是相當通達的。譚宗浚在文化觀上不無保守之處，但他畢竟生長嶺南，多少熟知外情，故能有此見識。

與此相關，他又談及機械製造問題："近時疆臣多講求製船造砲之法，冀以爭勝洋人。或又有詆爲無用者。余謂西洋人士與工合，故其藝特精；中國人士與工分，非靈敏絕倫者，不能通勾股測望之術，而於匠冶之事，又厭薄不肯爲，宜其本不能勝洋人也。……夫西洋機器，習之已數百年，而中國自同治初始有肄習者，前後不及廿年；譬之時文，洋人爲全篇文字，而中國則甫做破承題起講，又安有全篇文字？是未可以求速效也。意數十年後，必有智慧過洋人，能製器與相敵者，惜我輩不能及見矣。世之詆合肥相國者多未中肯，余爲持平之論如此，未審識者以爲何如？"這一段明確承認西洋人在技術上的優勢，並指出這是因西人重視形而下的技術實踐所致，而中國人反之，故不可能在短期內與西人一爭高下。這當然是很切合實際的議論。

值得注意的是，譚氏早年有一首詩云："疇人既失官，分散在遠域。歐洲得其傳，勾股多造極。近來江浙儒，亦半明算測。我謂衹皮毛，豈能踐閾閾。古來製器流，桃橐皆世職。西儒雖未然，亦任工與役。矢弧既已明，製造尤深悉。中華嗜學人，習算已難得。名盛志易驕，分尊身愈惜。安能逐皁徒，圬鏝雜狼籍。……"（《齋中讀書二十三首》之二十，《荔村草堂詩鈔》卷第三）此詩跟《筆語》上述議論如出一轍，正可互証。而此詩大約作於癸亥年

（1863）間，也就是他十九歲時的見解了。

　　按：説到譚宗浚對西學的看法，在此再插述一事。文廷式筆記有一段"損"譚宗浚的話："譚宗浚者，素不談洋務之人也。一日於許庚身坐中，忽遇閻敬銘，談及今時洋務人才消乏，非設科不足鼓舞之。譚還，遂屬奏，請潘衍桐上之。潘疑豫，譚告以實，曰非此不足以得閻之心也。潘大喜，遂奏。而終爲會議所格，時人咸鄙笑之。"〔《志林》，見汪叔子編《文廷式集》（增訂本），中華書局 2018 年版，第三册第 1040 頁〕文氏所言，不免想當然。且不説譚氏有没有迎合上級的用意，但他作爲廣東人，至少是更有條件瞭解一些洋務的。事實上，我們看上引筆記和詩有關中西機械製造問題的議論，即可相信，他是相當懂洋務的。那麽，他重視洋務，就洋務問題發表意見，又豈足爲異呢？則文氏指其"素不談洋務"，顯然就有違實情了。

　　《筆語》最末一條有關廣東人，也很有意思。先是説："吾粤人多踴躍於科名，而恬淡於仕宦。凡士子，非青一衿登一科者，不能爲鄉中祭酒；既釋褐後，或因祖嘗饒裕，或因館穀豐腴，遂謝脱朝衫，有終焉之志者，比比皆是也。"這是説，廣東人在科舉上很積極，但一旦考中，往往不願做官，而樂得回鄉做紳士——這種現象，想來是因爲廣東經濟繁榮，鄉間生活優裕，在老家做紳士的"性價比"要高於外出做官吧。接着他又談到，廣東士人自明代至清初，在政壇上頗爲活躍，與"中原士大夫”交際亦多，但此後卻趨於消極，在學術和詩文方面皆甚爲隔膜，“大抵吾粵風氣多篤實，不急急於表襮名聲，不染時賢標榜習氣。……往往有詩文絶工，而名不出於嶺外者。其好處在此，其受病處亦在此也。”這又指出了廣東人務實低調的作風。

還有一些文字簡短精闢，很有清言的意味。比如：“讀《離騷》，便有一種纏綿之意；讀陶詩，便有一種冲淡之意；讀杜詩，便有一種忠愛之意。”又如：“凡居城者多嫌應酬之苦，而不知交游皆學問也；行路者皆厭程途之苦，而不知游歷皆學問也。”又如：“能讀書是我輩本色，斷不可以此驕人。”這些都是頗耐咀嚼的話。

再看《隨筆》。

“諺語”一則説：“每歲正月初旬丙子日，可占是年水旱吉凶。諺語云：‘甲子豐年丙子旱，戊子平平庚子亂，壬子雨多水拍岸，一旬之内若無子，朝中大官去一半。’光緒甲申正月朔係丁丑，旬内果無子日，迨三月十三日，恭親王暨寶佩蘅相國鋆，李蘭孫協揆鴻藻，景秋坪廉、翁叔平同龢兩尚書，俱奉旨毋庸在軍機大臣上行走。其言竟驗。”看起來，這一條事涉“迷信”，但所謂“其言竟驗”者，是指光緒十年（1884）慈禧一舉罷免軍機處大臣，史稱“甲申易樞”，是當時震動朝野的大事件。因此，這一“迷信”文本在社會心理學意義上是有特殊價值的。

葉名琛在第二次鴉片戰爭中的表現，世已熟知，但

《隨筆》"書葉漢陽相國遺事"一則似仍自有其價值。譚氏雖也嘲弄葉氏最終的"不戰不和不守，不降不死不走"，但也公平地指出，他早期剿匪、監考、籌餉，皆有功勞，"迹其才略，亦督撫中矯矯者也"。同時又記錄了戰爭前後的細節："晚年擅開邊釁，又篤信扶鸞之技，言粵東必無虞，故虎門內河咸不設備。未幾，敵船至珠江，復叩問夷事，乩判曰：'十一月十四日午後，礮聲當止。'及十三日卯刻，夷人據海珠礮臺攻城，飛彈如雨，十四日巳刻城陷，午後果無礮聲。山鬼之戲弄，人亦云巧矣。先是城未陷時，某紳士往謁，飛礮墮其案前，葉殊不恟懼，談次但述都門舊游，絕不及邊事。忽云：'羅茗香所校《四元玉鑑》，可稱絕學，粵人亦有能通此者否耶？'其強自矯飾如此。"這一段頗可見葉氏的"扮嘢"，他大約是想學謝安石，却只成一王凝之而已！

　　又"何子貞"一則寫何紹基好罵人："……嘗游粵，寓潘氏海山仙館，主人出迎，遽罵曰：'君太俗物，何滿壁龍蛇，皆長安不通貴人惡札耶！'主人笑指一聯云：'此似非不通貴人所能作。'子貞故短視，徐揩老眼視之，則文安公書也。瞠目不能答，徐曰：'先公文章勳業，向不以筆札見長。'聞者捧腹。"這裏說的"文安公"，是何紹基之父何凌漢，諡文安。不過，我特別留意這一條，非關書法大家何紹基，倒是爲了海山仙館主人潘仕成。我向來很注意潘氏其人，照我的印象，潘以鉅商而附庸風雅，聲名藉甚，提到他及其海山仙館的記錄並不少，但文人墨客對他終保持距離，真正有關他本人的軼事似甚罕見。在這條軼事裏，他以其盾當其矛，頗爲粵人吐氣。

還有一則"某觀察"，看似寫無名之輩，但實有内涵："香山某觀察……見人輒盛言西人之學神奇，迥非中國所及。或有議其諛頌太過者，不顧也。後緣勘界至雲南邊境之河口……觀察寓居廟内，往謁神，跪拜甫畢，見神以掌摑之，仆於階下，口喃喃不知作何語。同人以人葠薑湯灌之，稍甦醒，逾日仍卒。岑彦卿宮保毓英嘗曰：'滇人、越人皆義憤欲誅法夷，而此公以危言悚之，搖惑人心，其上干天怒也，宜矣。'未幾觀察之子亦歿於開化城。"這個軼事，是以貶抑的口吻來記述這位"香山某觀察"，并夾雜了報應之陋說，實不高明。但如今我們可以反過來看：此公應是因爲出身香山，鄰近港澳，故能得風氣之先，對西方人及其文明有親切的瞭解；而他敢於公開地禮讚西方文明，在當日語境中自屬異數，實在是一位觀念的先行者。而譚氏的記錄，倒是從反面爲他留下了一份證辭，不也很可貴嗎？

總的來説，《筆語》多經驗之談，所談有世故，也有清言；《隨筆》則多屬掌故，除了人物軼事，也雜有"志異"即"迷信"的成分。不過，清人志異談鬼之風甚熾，蒲松齡、紀昀、袁枚三家鼎立，各擅勝場，譚氏亦承其餘緒，藉以諷世而已（參王大隆的《荔村隨筆跋》）。相對來説，我以爲《筆語》更多精彩之處。

清代學人頗有做筆記的傳統，但所作似多屬考證性的學術札記，而《筆語》、《隨筆》則異於彼，大都來自親見親聞，雖未必皆可信，但總是鮮活的記録，可見其時之官場與世態、士風與人情，從社會史的立場，我以爲較之學術札記是更可寶貴的。

以上譚宗浚文本凡四，原始版本都只有一種。《止庵筆語》係其子譚祖任校刊，只有民國刊本；《荔村隨筆》係王大隆據傅增湘提供的鈔本校刊，原載王氏所輯的《辛巳叢編》（收入《叢書集成續編》第 26 册，上海書店 1994 年版；《八年叢編》，上海人民出版社 2019 年版）；《于滇日記》、《旋粤日記》皆係鈔本，原藏北京師範大學圖書館（收入《八年叢編》；《廣州大典》第 201 册，廣州出版社版）。

此外，經責編謝尚提醒，收入譚氏傳記四種作爲附録，分別是：唐文治《雲南糧儲道署按察使譚叔裕先生墓碑》，馬其昶《雲南糧儲道譚君墓表》（以上見閔爾昌輯《碑傳集補》），《署雲南按察使糧儲道譚君傳》（原載《（宣統）南海縣誌》卷十四《列傳》，收入汪兆鏞輯《碑傳集三編》），《譚宗浚傳》（載佚名輯《清史粤人傳》，民國十五年鈔本，由清史館鈔録）。

以上譚著四種，《止庵筆語》最早承李福標君幫忙拍照，後因個別圖片模糊，又承李永新君提供電子版；《荔村隨筆》原來我在圖書館複印過一份，《于滇日記》、《旋粤日記》皆承謝尚掃描，凡此皆一並感謝！

關於文本的整理工作，兹略加說明。

舊式筆記一般皆辭少意豐，涉及的人物、事件、制度繁多，若要細作注釋，非下大功夫不可，而若只作簡單注釋，則必然掛一漏萬，無法保持前後一致。故從體例立場，我原本覺得應該單純只作標點，不作任何注釋；但在校點過程中，發覺有些地方在文義上不易理解，不得不打破體裁，略作疏通。現在呈現的文本情況是，凡屬人物、事件、制度之類的專名，仍統一不作注釋（事實上，此類問題現在亦不難通過搜索解決），修飾性的詞語或成語亦不作解釋，只對若干涉及上下文理解的難點，擇要作簡約的說明，點到爲止。當然，何者應該作出說明，是以我個人的感覺爲標準的，必有主觀之處。

在體裁上，《筆語》無小標題，《隨筆》有小標題——但我有些懷疑，《隨筆》的標題未必即著者所擬，也有可能是整理者所增。現均仍其舊。

所錄文本，每條篇幅多甚短小，故只加標點。惟《荔村隨筆》裏"新會鄉賢一案"一則篇幅冗長，是爲特例，爲便於閱讀理解，兹另作分段。此外，附錄傳記三種亦不便通讀，也同樣作了分段處理。

雖然這只是基本的標點工作，而且還是相對晚近的文獻，但具體做起來，才發覺實在不容易。由我個人的這一點經驗，才更深刻地體會到，這本書由錄入到校對到編輯的各個程序，都是不容易的，在此也要感謝負責各個程序的有關人員！

荔村隨筆

吴柳塘御史

甘肅吴柳塘御史可讀以劾副都統成禄慘殺事，爲朝貴所陷，鐫級出都。啓行時，疲馬羸僮，蕭然如寒素，送行者寥寥。有某輿夫在諸王邸服役，獨要於中途，薄而觀之，歎息而去。人問其故，曰："吴御史一代正人，我輩以一見颜色为幸，庶不虛負此生也。"其爲人欽重如此。

記科場事二則

戴文端公衢亨屢掌文衡，最後爲某科順天鄉試正考官。所取第二名，三藝"天之高也"一節題文有"五歲一周"四字，衆不曉爲何語，或疑五歲再閏之訛也。[①] 有無名子作聯嘲之曰："臭監生五歲一周，遂魁南皿，[②] 作者難識者更難，罪猶可恕；盲中堂三年兩考，屢典北闈，前番謬今番更謬，死有餘辜。"或謂此語竟流聞禁中云。

同治癸酉科，湖南考官爲陳、楊兩太史。陳素多病，預囑族人之官於楚者，挈其堂弟混充家人入場襄閱試卷。楊則庚午科先曾典試，是邦沿路舊門生來見者，均許晉謁，遂有簠簋不飭之疑。或贈以聯云："陳良之徒與其

---

① 《黄帝内經·素問》："地以五爲制……終地紀者，五歲爲一周。"

② 南皿，清代指南省監生。

弟，楊氏爲我是無君。"① 可稱巧合。

書沈文定公遺事

宛平沈文定公桂芬當國時，贊畫訏謨，不辭勞瘁。公精神最健，在樞廷從不請休沐，計十餘年中，乞假只三次：一續娶，一患肝疾，一則臨没前數日也。門庭寒陋，每賓客稍多，則廳事不能容。大興陳仲英同年文驊語余云："公書室亦甚湫隘，向南小窗置一桌，堆書籍幾滿，稍北一桌則晨夕餐膳之所，若寫字寄函，則手移書籍於北桌，方能握管，否則並無隙地。"云殁後産不及四千金，妻子仍僦屋以居，其清風介節視劉諸城、朱大興有過之無不及也。公在樞廷，有同年某任督撫者，餽二百金爲壽，公受之而返其半。謝曰："極承厚意，然某生平受人餽贈未有過百金者，今已過多，且不敢累清德也。"此事在近時已爲罕見矣。

書戴文節公遺事

錢塘戴文節公熙博學工詩，尤精繪事。直南齋最久。道光己酉，兩廣總督徐廣縉、巡撫葉名琛以廣東紳民不許英夷入城入奏，聖心喜悦，賞廣縉子爵、名琛男爵，並各賞戴雙眼花翎。公時奏對云："臣曾督學廣東，士習

---

① 上聯陳良是楚儒者，語出《孟子·滕文公上》，下聯楊氏即楊朱。

民風頗知一二，該督撫所陳奏，恐多鋪張粉飾。"語畢天顏甚不懌，旋因詔寫扇，內有一二帖體字，傳旨申飭。逾日復詔南書房翰林寫匾額，內監傳諭云："要寫字不錯之張錫庚，不要寫字錯之戴熙。"公知恩眷已衰，遂乞骸骨。奉旨責公諱疾欺飾，降三品京堂，准其致仕。後庚申歲殉難杭州，贈尚書銜，予諡文節。

夏修恕

新建夏觀察修恕嘗充粵闈某科提調，規條苛細，士子苦之。或贈以聯云："前世修今世不修，陽間恕陰間不恕。"

正定行台

正定行台規模頗宏敞，相傳雍正間塞思黑實斃於此，時總督則臨川李穆堂紱也。歿後游魂為厲，街肆不安，或晝入人家現形作祟，因將此宅改為行台。凡各星使銜命乘軺者寓此，冀以天威鎮其凶燄也。然每遇星使簠簋不飭及時運稍低者，輒現形如故。現則星使必有禍譴云。余丙子歲使蜀，曾過此地，紅燈絳蠟，酣睡自如，實寂無所見也。

書魁端恪公遺事

魁端恪公齡壬子進士，官戶部尚書。余甲戌座師也。性謹飭，外和而內介。時明善、貴寶等用事，屢請修圓

明園，欲糜公帑以肥私囊。公任內務府大臣，與桂公清
屢駁之，而爲群小所搆，鬱鬱不得志，每月請假恒數次。
余時往謁，但長歎公事難辦而已。及丙子歲，余督學四
川，叩公一言，以爲韋佩，公曰："作官如讀書，讀書能
專，未有不淹貫群籍者也；作官能專，未有不通達政體
者也。子素以博學稱，願移讀書之聰明才力以作官，則
事無不辦矣。"余欽爲名言。及庚辰還京，而公已卒，遺
一子尚幼，門庭冷落。聞公雖屢任優缺，然處脂不潤，
歿時僅中人貲云。

童福承

　　浙人童福承，道光乙巳翰林，爲穆鶴舫彰阿陳偉堂官
俊兩相國、許滇生尚書乃普所賞。穆、陳皆座師，許則師
生而兼同鄉也。甫留館，即送入南書房，物論頗不平，
因造作謗言，謂童見穆相執子禮。濰縣丁憂時，[1]童往慰
唁，曾伴宿苫廬一夕。許與童同鄉，內眷時有往來。許
偶感疾，童遣妻往問安。遂贈以匾云"仰維穆考"，聯
云："昔歲入陳，寢苫枕塊；昭茲来許，抱衾與裯。"其
實事之有無不可知，而語則直儁刻矣。某御史摭以入奏，
童因此出南書房，後遂坎壈終身。

---

　　① 濰縣，指陳官俊，山東濰縣人。

吕仙祠籤

余戊辰公車下第後，祈籤於京師琉璃廠吕祖祠，得籤云：“潛藏自有光明日，守耐無如待丙丁。龍虎兩番生運會，春風一轉漸飛驚。”竊意丁丑年或可望捷南宮也。及甲戌年射策，以第二人及第，其小傳臚爲丙日，大傳臚爲丁日。靈應不爽如此。

李大王

灌縣李大王廟及其子二郎神最著靈異。同治初，成綿道何某奉檄查勘水道，將虎頭、象鼻兩崖鑿破，遂使數千年故迹一旦遂湮。何方在水次督工，午時瘍生於頭，至漏三下暴卒。其夕，何妻在成都道署夢一人冕旒而至，自稱李大王，戟手罵曰：“爾夫敗吾事，吾必殛之！”翌日復夢如前。何妻遣急足馳視，未及灌縣五十里而訃至矣。厥後丁稚璜宮保寶楨創修堰工，而水患彌甚，至今父老猶追咎何某之擅更古法也。周編修盛典爲余言。

吴三桂後人

大兵平雲南，吴世璠既滅，其後人間有逃出者。在楚雄者更姓謝，在賓州者更姓楊，亦且讀書應試矣。鍾厚堂觀察念祖爲余言。

郡學鬼祟

粵城惠愛街某家祠有樓數楹，勢頗軒敞，窗後即廣州學宮貫道門荒圃也。有某生秋試小憩於此，夜半聞窸窣聲，見一麗人淡妝高髻，對鏡梳掠，楚楚可憐；俄頃脫其頭置案上，生固膽怯，又大呼無應者，即踰窗墜下，幸爲竹樹所挂，得無恙。時星月皎潔，涼風肅然，遙望番山小亭上，見數老人衣服古樸，釃飲聚談。因告以所見，老人笑曰：“此何足異，僕等皆能之。”因各脫其首置案上，生愈惶怖，暈絕於地。及醒，則已紅日三竿矣。遍以告人，莫不稱異。或曰：“國初屠城之役，死者以十萬計，郡庠後圃積骸成山，此等殆其游魂歟。”梁荔圃同年融爲余言。

諺　語

每歲正月初旬丙子日，可占是年水旱吉凶。諺語云：“甲子豐年丙子旱，戊子平平庚子亂，壬子雨多水拍岸，一旬之內若無子，朝中大官去一半。”光緒甲申正月朔係丁丑，旬內果無子日，迨三月十三日，恭親王暨寶佩蘅相國鋆，李蘭孫協揆鴻藻，景秋坪廉、翁叔平同龢兩尚書，俱奉旨毋庸在軍機大臣上行走。其言竟驗。[1]

---

[1]　指光緒十年（1884）慈禧罷免軍機處大臣事，史稱“甲申易樞”。

陳文忠公軼事

國朝廣州雉堞之制與明不同。明制上銳下闊，作三角形；國朝則上下均整，離立錯列，俗所謂骨牌樣者也。惟羊城歸德門側有雉堞數尺，仍作明制。相傳陳文忠公子壯被執時，實殉節於此。往時血痕班炳如新，或天陰晦，則有紅袍人躑躅往來。近漸隱矣，惟雉堞不能修，修則員弁及工人皆暈眩得疾，故至今恒惴惴守護云。

儋州人敬服東坡

東坡在儋州，州人士咸師事之。至今儋州城內，人多能作京國語，相傳東坡所授也。甫出城數里，即及諸蠻峒，則皆作土音啁哳矣。乃歎大賢教澤過化存神如此。瓊州王公輔同年器成為余言。

書舒文襄公遺事

舒文襄公林德平山東王倫之亂，殺人頗多。相傳公將卒時，有部郎某最熟刑律者，夢至陰府，冥王迎謂曰："聞公精於申韓術，敢問一人殺一人，罪何如？"曰議抵。"一人殺數人，何如？"曰梟首，曰凌遲。"一人殺數千命，何如？"曰："陽間無此辦法。"曰："陰律當何如？"某漫應曰："非入無間地獄不足蔽辜也。"冥王曰："公且少待，當徐酌之。"少頃，一人儀衛甚盛，冠翎頂而至，則舒公也。冥王降階往迎，隨讓坐，舒居中，其左部郎，右冥王，徐曰："聞公威德，實所欽佩，但山東慘殺一案事發矣，應如何處置？"舒不答，而作慘沮狀。冥王曰："某君通法家言，故特邀來相證，據云當入無間地獄也。"語畢耆然大聲，如天地震坼[1]，視舒公坐位，已不見矣。某部郎驚悸而寤，遣人視舒宅，則昨夕適騎箕云。陳厚甫先生爲人説。

蜀中童謠

自咸豐後，蜀中藍、李倡亂，邑里爲墟，死者枕藉。時有童謠云："若要蜀民樂，除非馬生角。"[2] 幾以爲燕丹馬角，萬無蕩平之日矣。未幾，駱文忠公移節入川，左綿一戰，軍威大震。又擒僞翼王石達開於大渡河，玉壘銅梁，晏然安堵，事之前定如此。

術　驗

先教授公年十八，嘗詣里中石秀才推算禄命。石顰蹙，曰："君科第遲滯，須七十六歲乃入詞林。"聞者咸笑之。時熊笛江孝廉景星亦在座，戲曰："姜西溟、沈歸愚後得子，鼎足而三矣。"迨同治辛未，教授公見背，年七十二。越三年，甲戌宗浚登第。旋值乙亥年，今上龍飛

---

① 原爲"折"，應作"坼"。

② 此拆字、諧音游戲。"駱"字左爲馬，右为各，四川話各、角同音。

大慶，始爲父母請贈文林郎翰林院編修，得領恩。軸計之，適七十六歲也。然則身後褒贈，亦可推測而知耶？噫！異矣。

書陳子鶴尚書遺事

江西陳子鶴尚書孚恩，咸豐間在樞廷，最承恩眷，嘗有"清正良臣"之褒。時山東巡撫崇恩被上諭斥其貪鄙無恥，或撰一聯，語云："崇語於貪鄙無恥，人不可以無恥；陳孚恩清正良臣，今之所謂良臣。"後以阿附肅順，革職遣戍，卒於塞垣。尚書在京時，甚不理於衆口，然人亦頗有才幹。庚申八月，海疆告警，奉旨爲城外團防大臣。時城內竊匪蠭起，雖宗室王公亦被搶掠，而城外晏然，咸謂冢宰撫循有法。蓋其人雖任智權譎，而應變未嘗無一日之長也。子鶴尚書少在樞廷，充章京最久，其得軍機大臣，實由何恪慎公汝霖援引，何固尚書之師也。及何丁憂歸，尚書遂首領班。未幾，何服闋，仍入樞廷，然年齒已高，應對不如尚書之明敏。尚書嫌其居上，頗厭之。一日天寒，何觸煤爐，幾踣。尚書微笑曰："人要避煤爐，煤爐不解避人也。"何知其諷己，遂引疾歸。

書葉漢陽相國遺事

漢陽葉崑臣相國名琛撫粵時，以阻止夷人入城得男爵，論者稍議其僥倖。然前後在粵東平羅鏡巨賊，平英清土匪，又用沈棣輝以平兩江紅巾諸賊；監臨辛亥科鄉闈，獲搶手幾盡，弊竇肅清；又籌餉接濟江南大軍，預備紅單船以資應用，尤能不分畛域，深荷聖褒。迹其才略，亦督撫中矯矯者也。晚年擅開邊釁，又篤信扶鸞之技，言粵東必無虞，故虎門內河咸不設備。未幾，敵船至珠江，復叩問夷事，乩判曰：“十一月十四日午後，礮聲當止。”及十三日卯刻，夷人據海珠礮台攻城，飛彈如雨，十四日巳刻城陷，午後果無礮聲。山鬼之戲弄人，亦云巧矣。先是城未陷時，某紳士往謁，飛礮墮其案前，葉殊不惝懼，談次但述都門舊游，絕不及邊事。忽云：“羅茗香所校《四元玉鑑》，可稱絕學，粵人亦有能通此者否耶？”[①] 其強自矯飾如此。既被擄後，聲名瓦裂。或題一詩在城門，嘲之云：“不戰不和不守，不降不死不走。二十四史繙完，千古奇人未有。”人謂足括其生平。

何夢書神童

順德何夢書，幼聰穎，生時其父夢人送書數十函，故以爲名。尤善屬對。阮文達公督兩廣，聞而異之，召入署後園游玩，出一對云：“小子登樓。”即應聲曰：“大人入閣。”文達大喜，又出一對云：“伊尹。”即對曰：“陳東。”旋又云：“陳東，宋義士，以對伊尹，究

[①] 《四元玉鑑》，元代朱世杰著，古典數學名著；清代羅士琳有《四元玉鑑細草》，羅氏號茗香。

屬不倫。三代以後，勛名事業得與伊尹媲美者，非公而誰？"① 文達尤驚異，贈以百金而遣之歸。由是名動里閭。其父賈人子，不知勗以學業，但日攜往鄰里，令之屬對，博飲食醉飽而已。以此卒無成就。後年十餘進邑庠，迨近三十歲，復夢人取回書數十函。未幾，遽嬰微疾卒。斯真曇花一現也。

書穆相國遺事

嘉慶某科順天鄉試，詩題出《尚書·五子之歌》，所得官韻，即宣宗成皇帝御名。② 其時上方爲阿哥，故無庸敬避也。是年穆鶴舫相國彰阿中式。及道光登極後，穆偶召見，上忽問曰："汝鄉試是何詩題？"穆奏對曰："題出《尚書·五子之歌》。"上復問曰："是《五子之歌》那一句？"穆奏對曰："'民爲邦本'下一句。"上復問曰："官韻得何字？"穆奏對曰："題中第四字。"上復問曰："係何字？"穆奏對曰："十蒸韻中字。"③ 上嘉其應對得體，遂有意嚮用。未幾，即入直樞廷，浟登揆席云。

無烟硋碼

南海大範鄉兒童善爲飛墮之戲，凡所擊無不中者。

---

① 意謂以"阮元"對"伊尹"，更佳。

② 道光帝愛新覺羅·旻寧，原名綿寧。

③ 指以《五子之歌》"本固邦寧"一句爲詩題，並押"寧"韻。按："寧"屬平水韻九青，非十蒸。

迨甲寅歲紅巾賊起，鄉中紳士歐陽春浦_泉、麥雙南佩金倡議團練，遣人伏隄畔，賊至，輒擲石擊之，無不中者。賊驚畏遁走，呼之爲"無烟礮碼"云。見順德歐陽滇詩集。此真絣緱之方，可以封侯裂土矣。

何子貞

何子貞編修_{紹基}爲道州文安公子，工詩文，書法平原，尤得神似。然性好罵。嘗游粵，寓潘氏海山仙館，主人出迎，遽罵曰："君太俗物，何滿壁龍蛇，皆長安不通貴人惡札耶！"主人笑指一聯云："此似非不通貴人所能作。"子貞故短視，徐揩老眼視之，則文安公書也。瞠目不能答，徐曰："先公文章勳業，向不以筆札見長。"聞者捧腹。

紀 夢

余於甲申六月夢人示一詩卷，讀之頗不愜意。其人曰："此君前生所作也。"余問："僕前生是何人？"其人曰："江南鄧孝威。"按：鄧漢儀，字孝威，江都人。康熙中薦舉鴻博，以年老改中書舍人。著有《詩觀》等集，[①] 嘗有"人馬盤空小，烟霞返照濃"之句，爲王漁洋所稱。然亦未見大過人處，豈余前生即此君耶？醒後記以詩云："衮衮飆輪度劫塵，忽從絮果證緣因。分明記

---

① 《詩觀》，全名《天下名家詩觀》，又名《十五國名家詩觀》。

嶺南史料筆記叢刊

第一輯

彙集嶺南文化精華史料
還原嶺南歷史原貌

收錄古代（兼收民國時期）有關嶺南地區各方面的著述，内容涉及嶺南地區的典章器物、職官制度、施政吏治、時事掌故、古迹名勝、歲時物産、民情風習、飲食游樂、技藝百工、烟花粉黛，乃至音韵詞章、金石小學等，能補正史之遺。叢刊包括一般史料古籍和筆記，大部分短小、有趣、可讀性强，按照當代學術標準加以點校整理，形成一套了解和研究嶺南地區歷史文化的古籍精品系列。

更多《嶺南文庫》産品信息
https://www.douban.com/doulist/156977571/

《荔村隨筆（外三種）》收録了清末官員譚宗浚之兩種筆記、兩種日記，分別爲《止庵筆語》《荔村隨筆》《于滇日記》《旋粵日記》。譚宗浚少承家學，聰敏強記，頗有才氣。他被稱爲清末嶺南著名詩人、學者、收藏家、書法家、美食家等，好詩賦，工詩文，熟于掌故，也好著述，著有多種著作。由于其興趣尤廣，喜藏書，又有功名爲官，經歷和學識俱佳，因此其所著的幾種筆記，可讀性強，掌故豐富，記録了其求學、生活、著述等隨筆内容，既可見其才情，也可見晚清嶺南的風物人情。

[清]譚宗浚　著　李霞　點校

定價：68.00元

"譚家菜"之父譚宗浚的心語結集，
呈現清末的官場與世態、士風與人情。

《逸農筆記》爲黄遵憲之父黄鴻藻所作的一部筆記，記載歷年聽聞的奇聞异事及至交好友投贈的詩文，雜綴成篇，以資勸誡。黄鴻藻在多地爲官，又性喜交談，常與友朋作"文酒之會"，藉此增廣了見聞，所歷聞逸事也通過本書記載了下來。全書共八卷，前五卷爲游宦居京時所作，六至八卷成于爲官桂林時。本書内容豐富駁雜，記叙崇尚平實，議論兼附考辨，記録了黄氏涉足過的京師、天津、福建、廣東、廣西等地的物産古迹、民俗風情、傳說志异、名人史話、鄉賢詩文以及官員遷擢、科舉掌故，頗具史料價值。

[清]黄鴻藻　著　寇曉丹　點校

定價：78.00元

著名外交家黄遵憲之父黄鴻藻的僅存遺作，
一部嶺南人撰寫的《閱微草堂筆記》。

　　《粵行叢錄》爲清代"紹興師爺"俞思穆的日記體筆記,是清同治四年正月至光緒五年十月間,作者到廣州學海堂、粵華書院課考,及隨后游幕廣州、肇慶、欽州、合浦、廉州等地的所見所聞。俞氏擅長詩文,書中載其詩文及對陳恭尹、梁佩蘭、張維屏等名家的評介;俞氏在粵西時間較長,也多次寓居廣州,所記當地自然物產、社會風貌、文人逸事,可補近代史事和地方志之缺略,可資瞭解嶺南風物之參考;俞氏對港澳的觀察,對美國萬國博覽會、德國"騷體詩"的記錄,對中越邊境匪患的介紹,也為讀者管窺清末知識份子對外部世界的認知和中外衝突的態度提供一扇窗。

[清]俞思穆　著　倪俊明　點校

定價: 68.00元

"紹興師爺"俞思穆游幕廣東之日記,
窺見晚清社會轉型時期的中外互動。

　　《粵東筆記》是清代寓粵官員、藏書家李調元輯撰的作品。卷首有羊城八景全圖,每圖均有詳細說明。全書十六卷,分別記錄廣東的風土人情、節令集會、山川神祇、少數族群、鳥獸蟲魚、草木花果、糖茶雜物等,内容廣泛,還收錄了方言土語、山歌謠曲、節令習俗、物產奇珍等,在廣東民間文學、民俗學界都有一定影響。本書由李調元居粵時遍歷廣東,輶軒采訪,博采衆書而輯成,在保存嶺南地方史料的同時,體現了外地官員對當地文化的審辨,具有獨特的文獻價值。

[清]李調元　著　譚步雲　點校

定價: 98.00元

一個清代寓粵官員在廣東的"采風"集,
一部遍歷都邑、搜羅文獻、走訪百姓寫就之嶺南風物大觀。

《定湖筆談》是清中期文人、書法家黃景治以身世之所閱歷、耳目之所聞見積累而成的筆記體著作。他見聞廣又善談，常與士大夫交游，晚年失聰，于是有心將昔日見聞所思寫成書，每寫一條就與朋友共讀，頗有以筆頭文字替代言語交談之意。書中內容廣博，範圍涉及醫藥、風水、神鬼、花鳥蟲魚、山石圃囿等方方面面，意在寄托情思，勸誡人心，以正風俗教化。此書也涉及衆多黃氏閱見的人物故事，上至官吏下至百工，不乏戲謔誇談的文辭，頗有《莊子》寓言的風格。本書還得到當時名家謝蘭生、吳應逵等衆人爲序，謝蘭生高度評價了集中文章"當于人心"，"時賢爭以先睹爲快"，可見本筆記之價值。

[清]黃景治　著　吳建新　點校

定價：68.00元

清代文人黃景治的百聞戲言錄，
清代時賢爭求先睹爲快的南粵文人"朋友圈"合集。

《南村草堂筆記（外四種）》收錄了近代嶺南文史學者鄔慶時四種筆記：《南村草堂筆記》《聽雨樓隨筆》《窮忙小記》《東齋雜誌》，以及由點校者所編的《鄔慶時談往四種》，另附錄收入鄔氏之《白桃花館雜憶》，主要爲鄔氏懷念亡女之事。鄔慶時學識淵博，著述甚多，長期從事地方史志工作，他在詩歌、歷史、散文等方面都有大量研究和創作。他平生最痛恨文字之獄，著書立說，一絲不苟，認爲"一時疏忽，千古疑傳"，所以他寫的文章都很重視材料的真實。本書收錄之五種筆記，皆可見其記錄和論學、著述之嚴謹，于文學、史學研究頗有史料價值。

鄔慶時　著　胡文輝　點校

定價：88.00元

搜羅嶺南文史學者鄔慶時學術識見之片光零羽，
呈現民國嶺南不爲人知的文史掌故。

得前身事，頭白江南老舍人。"

黠 吏

甚哉！黠吏之不易防也。相傳陳荔峰侍郎嵩慶督學廣東時，有拔貢丁憂，例應次名拔補。而第三名者欲得之，商於典吏，允給五百金。典吏沈思良久，曰："得之矣！"因撰爲牌示，將次名拔補呈侍郎閱看。侍郎艴然曰："我尚未定去留，何鼠輩敢專擅耶！"因黜次名，而將第三名拔補。不知適中胥吏之計也。嘻，衡文者身坐堂皇，而前後左右，無一非舞文相愚弄者，豈易盡燭其奸哉！

周侍郎異夢

周荇農侍郎壽昌學問淹通，生平以未得試差爲憾，仕途亦蹭蹬異常。相傳其同治間曾夢至一處，宮殿巍煥，冥王居中，顏色甚霽。示之曰："汝命應由翰林屢掌文衡，督學三次，官至尚書。因少年一事不檢，故官階遲滯，今查勘明白，知此事與汝無干，然汝竟有應得之咎。汝往後勉自樹立，當不失爲從二品官。至三次督學，則盡削奪去矣。"驚悚出門，見數獰鬼夾拘一囚，寶石頂花翎，則長白某相國也。逾數日，果聞相國之訃。周後以閣學乞歸。至所稱失檢之事，不得其顛末，周亦深諱不肯言。

瑞芝生相國

瑞文端公_{常在}揆席，頗能持正。總管內務府大臣時，適值大婚吉期，各閹寺及內務府司員不能無浮冒。公一一駁詰，以此致遭忌嫉。嘗奉命辦器物各七副，公自賫呈，及進內，則內監藏其一而以其六進，且造蜚語，以激聖怒。遂有旨速行補辦，並責公辦事不能詳慎，嚴行申飭。公知爲所賣，然無從置辨，引咎而已。平居鬱鬱不得志，買二雛姬自娛，蓋欲祈速死也。迹其守正不阿，要亦時相中之錚錚者。

羅氏奎星

順德羅訓導_{遇良}少困童試，以授蒙自給。時族人有建宗祠者，遣匠人塑一奎星以供後楹，匠人誤送至羅館中，羅以爲嘉兆，欣然納之，置書塾虔奉，而別塑一像以貽族人。羅是年游泮聯捷登賢書。[1] 諸子若孫，如石渠比部_{家勤}、嶧農編修_{家劭}、獎朋舍人_{家勸}、雪舫孝廉_{惇翯}，先後登科甲。咸謂司命之神實式憑之云。

庚申榜眼

浙中某孝廉少有才名，兼工小楷，咸以詞館期之。顧久困公車，咸豐庚申赴禮闈，意將圖揀發外用，不復

---

[1] 登賢書，鄉試中舉。

將作東堂射策想矣。忽夢至文昌宮，見天榜，已名在狀元之下，探花之上，卻無榜眼字樣。心甚異之。榜發，果中式。於是復技癢，日閉門習書，意廷試必當高第。迨臚唱日，則狀元鍾駿聲、探花歐陽保極，而榜眼爲南海林彭年，孝廉僅二甲末名。咸以爲夢幻無憑也。後偶繙題名録，始知鍾與歐陽會試中式名次亦隔一名，而孝廉適居其中，蓋所見乃會試榜耳。然必示夢於孝廉，使之妄生希冀心，又胡爲者。吁！造物之弄人亦巧矣。

新會鄉賢一案

嘉慶中，吾粵有鄉賢一案。詢諸故老，語焉不詳。今以所知備録於此：

先是，新會洋商盧文錦以貲雄於鄉，而性好賓客，凡士大夫游粵者，多訂車笠交。時楚中某部郎曾行走樞廷，丁憂後以措貲至粵，即主於盧氏之家。部郎之父爲戴文端公業師，邑人請入鄉賢，奉旨俞准，大吏多向部郎致賀者。文錦故市人，不知鄉賢爲何物，部郎爲縷述始末，文錦聞而羨之。

文錦父名觀恒，少粗鄙，嘗與兄鬥毆，拔去兄辮髮，遂至搆訟。兄爲通稟會城各衙門，人多知其事者。然暴富後頗喜行善事，凡捐賑濟貧捨藥施棺，無不踴躍。嘗修某處石路數百丈，行旅皆頌其恩。又捐置新會邑中紫水、景賢兩書院產業數萬金，故邑人亦深感之，遂由邑紳進士譚大經、李實、何朝杰等呈請崇祀。時制府蔣礪堂攸銛適巡邊，撫軍上元董教增遂據以入奏，或傳自教官至撫軍均得重賄。事屬埋昧，不能確審其詳也。部郎又爲函致禮部堂官韓桂舲、秦小峴兩侍郎暨諸儀曹，屬勿駁詰。迨奉部准後，文錦遂於明倫堂張樂設宴，一時踵賀者多市兒，於是金銀酒肉之氣薰蒸。庠序有識者皆目笑存之矣。

　　番禺劉三山孝廉華東性跅跎好奇，[①] 撰弔陳白沙文，以白沙亦新會人，當有牛驥不同皁、梟鸞不並栖之感。又上書制府蔣公，請其參劾。蔣公終以事由撫軍主稿，不肯引繩批根。劉遂將上蔣制府書改爲《草茅坐論》，徧布同人，於是預名攻訐者數百人。及遣人到各衙門檢拔兄辮髮被控之案，則盧氏已先賄胥吏，將案卷燬滅矣。幸副都統衙門之案未及燬滅，劉遂據以上控。然闔城官吏皆袒盧而惡劉，反將劉與陳仲卿明經曇拘押。二人蓋呈內首名也。劉遂屬陳螺山秀才仲良入京控都察院，陳畏盧氏勢焰，不敢言入都，但云至蘇州買藥。時黃香石明經培芳喜談詩，每胥吏催到案，則云往羅江探梅。或聯綴爲語云："三山入獄仲卿過堂，螺山買藥香石探梅。"聞者絕倒。劉被羈押後，儀墨農孝廉克中時年僅十七，屢入獄省視，又爲職納槖饘，羊城諸公咸推其義俠。

　　未幾，事既上聞，上命尚書章煦侍郎熙昌來粵訊鞫，而粵吏多爲盧氏緩頰者。星使亦稍遷就，惟迫於公論，

-----

　　① 編輯按："跎"，疑爲"弛"。

則以請祀鄉賢者皆新會人，而攻鄉賢者無一新會人，謂盧觀恒鄉望素孚，別邑不如同邑見聞之確。惟時，新會不願列名請崇祀者，惟張椒園大令衍基一人。張素謙謹畏事，不肯涉訟公庭，故攻訐呈中亦無名字。張在會垣講學，授徒幾二百人。南海龔紹衣孝廉在德素權奇多智，每日使人至張館，訕其學徒曰：“汝師得盧氏厚賄，不肯預名攻訐，非端人也。”學徒惑其言，稍有散去者。張惡其聒，亦肯列名。諸大吏語塞，然終有左袒盧氏之意。劉原呈云：“市儈不宜濫祀宮牆。”星使覆奏則云：“子貢貨殖，亦列十哲之中，查例並無商賈不准祀鄉賢之說。”劉《草茅坐論》有云：“廷臣之中必有暗爲照拂者，疆吏之中必有受其賄屬者。”此等語甚多。星使覆奏則云：“查舉人劉華東所撰《草茅坐論》，尚無所指斥。”迨奉到批摺回奏，中前一段硃批旁注云：“士商本屬兩途。”後一段硃批旁注云：“顯然有所指斥。”於是嶺海士民額手稱慶，咸曉然於聖天子激濁揚清，明見萬里，而此案遂定矣。

其後部議，將盧觀恒牌位撤出鄉賢祠；伊子盧文錦在明倫堂演戲宴客，亦有不合，議革職；呈請崇祀之紳士譚大經、李實、何朝杰等亦革職；巡撫董教增降三級，留任。舉人劉華東迋刁多事，亦革職。

董既鑴級，後則深惡粵人，而於廣州人尤甚。是年適監臨丙子鄉闈，首題“天下有道，則庶人不議”，即暗指鄉賢事。董令人先謄錄各府卷，而廣州卷俟八月二十四日後始謄録。時副主試爲錢金粟學士林，少時曾在陳荔峰嵩慶學使幕中襄校，歎曰："僕兩至粤東，相去僅十一二年，何文風頓遜前日？"繼詢，得其故。命催取最後所謄卷詳細披閱，佳作林立。揭曉，則廣州人中式特多。解元倪秋槎濟遠即列名攻訐鄉賢者，董見之不懌，然亦無可如何也。

劉既被革，後以酒色自娛，人皆目爲狂士。嘗自署門曰"欽革舉人"。

粤東賑案

道光癸巳，粤東大水，司賑者不得其平，凡紳士之有勢者領賑獨多。香山曾卓如侍御望顏據以入奏，上命京卿白讜卿來粤訊鞫。已畢事矣，而粤吏所贈端硯、洋氈、鐘表等物苦難攜帶，因局置數巨簏①，託廣號寄交粤京官黃琴山郎中德峻處。白與黃同年，意到京可以取回也。適廣號司事某素好交游，欲因是而結交於星使之父小山尚書鎔，親自賫送。尚書以其無家信，恐致誤，投斥之。往返凡數次。適許玉叔侍御球過白邸第見之，遂露章劾奏，疑星使有交通納賄事。上復派員至粤審鞫，取回箱簏，驗明並非財賄，事乃得寢。糾訟經年餘，時粤東之海幢寺適有徒控其師者，時人爲之語曰："小和尚告大和尚，新欽差審舊欽差。"

---

① 編輯按："簏"原爲"麓"，誤。

和尚叙世誼

長白熙侍郎昌，文清公松筠子也。年少登膴仕，意氣凌忽一切。嘗讞獄至廣州，偶游海幢寺，寺僧方丈某曾與文清公相識，出公所書聯扇以相夸詡，並叙世誼，刺刺不休。侍郎艴怒曰："汝出家人，敢妄攀叙交情耶！"命牽下笞責四十板，僧泥首哭謝，并闔寺哀求，乃止。一時傳爲笑談。

洋商葉氏衰替

自道光中分五口通商，而粵中洋商遂衰弱。所稱潘氏、盧氏、伍氏、葉氏，均不如前，而葉尤凌替。祠堂既拆賣之後，所奉神主係真沈香製者，亦刮其字而售於市中。又将祖墳盡發掘，竊其含殮之珠貝，以瓦鐔易之。見者皆爲慘目。相傳葉氏某翁暴富後，見薙髮匠之妻美，欲占娶之，而匠不肯。因屬其戚石某誘薙髮匠至白雲山，推跌墮崖，破顱而殞，人無知者。遂奪其妻爲側室。凡鬻産開棺之不肖子，皆薙髮匠妻之所産也。天道好還，有如此者。石某晚年喪明，無子，困餓以終。

四君詩

道光中吾粵老輩風流，有絶可解頤者。聞人語云："借書莫借鄭萱坪，交友莫交陳仲卿，贈詩莫贈黄香石，請酒莫請熊伯晴。"鄭名灝若，寄籍番禺拔貢，荔鄉太守之孫也。喜讀書，然借人書每不還；或從轉借亦不吝，案頭卷帙無一完書。陳名曇，以善詩爲曾賓谷所賞。然性怪僻，與人交皆凶終隙末，與張南山、梁子春素莫逆，後亦互相詆諆。黃名培芳，爲香山文裕公後裔。詩才本平而好名特甚。徐鐵孫觀察贈以七律一首，黃嫌其貢諛未至，改爲五排，入詩話中。[①] 熊名景星，南海舉人，詩才超逸，又工書畫。然性簡略，每赴宴，不審孰爲首座末座。又性不能飲，甫入坐即索飯，恒聒聒不休，或至拂袂竟去云。

靖南王壽屏

廣州大佛寺有紫檀壽屏一座，製鏤極精妙。相傳平南王尚可喜爲靖南王耿繼茂祝壽者，耿王徙閩時不暇攜帶，故留施山門云。文亦整贍，疑是國初諸老手筆也。

廣州城照牆

廣州東西城內均有照牆。形家言謂其阻塞文明，故俗傳廣東不開眼，爲此也。道光己酉，西門照牆傾圮，明年番禺許涑文其光以榜眼登第。迨咸豐丁巳，東門照牆爲夷人所拆毀，庚申南海林樵山彭年以榜眼登第。咸以爲照牆斷不可以立矣。同治癸酉重修城垣，劉稌村布衣嶽謂省城龍脈太盛，宜仍立照牆，庶稍停蓄。聞者譏誚之。

---

① 五排，五言排律。

明年余亦以榜眼登第，浮言始息。然則風水之説，固亦倖中，而不可過泥耶。

陸荫溪先生

鶴山陸荫溪孝廉鍾亮少倜儻，有大志，讀書白雲山月溪寺，刻苦自勵，有斷齏畫粥之風，凡天文地輿風角壬遁無不精究。先是，英法本世爲仇讎，道光辛丑壬寅間，英夷猖獗，法酋某言中國武備不可恃，願假一千萬金爲中國繕砲台，修戰船，而彼在泰西出兵擣倫敦，與我兵互爲聲援，可雪虎門之恥。先生躍然曰："此奇計也！"遂挾策干祁制軍墂。制軍亦深器之，延入幕府，并召法酋見於海幢寺，細詢情形。然終以借助外夷，嫌於示弱，不敢奏聞。但令洋商潘仕成向法酋購水雷等器代爲進呈而已。先生知事不可爲，遂絕不談經濟，惟閉門趺坐，習靜而已。辛酉歲重宴鹿鳴，壽至九十外。或傳其少年曾習容成①之術云。

京官易招嫌隙

應酬交際易招嫌隙者，莫如京官。聞阮文達公元癸巳由雲貴總督入覲，旋充會試總裁，聖眷隆渥。公攜《揅經室集》數百部分贈同人，卻恰忘送新安曹文正公振鏞處，文正銜之。迨同典春闈，凡經策淹洽者，必加駁

---

① 編輯按："成"原爲"城"，誤。

黜，與文達大齟齬。甫出闈即回總督任，厥後枚卜，亦
在潘文恭公之後。① 世疑文正或擠之也。又聞林文忠公則
徐久任封圻，然與穆鶴舫相國彰阿初未謀面。穆深敬其爲
人，某年入都遇於淀園，穆一見如故，并云晚間幸過我
一談，謹當治具以待也。迨午後文忠入城拜客，竟忘此
言，穆延頸良久不見，意文忠輕己，銜恨次骨。迨廣東
邊事起，力齮齕之。此事與漢魏其、武安，明介溪、桂
州絕相類，② 録之亦可爲輕忽者戒也。

書梁雲門教授遺事

梁雲門教授序鏞工制藝，博極群書，鄉試時爲姚文僖
公所賞。迨丁丑中式進士，年過不惑，遂就職教授而歸。
在場中詩題爲"桐生茂豫"，有鄰號山右孝廉來詢題解，
公以出《漢書·郊祀志》對，傍一浙士曰："咄咄怪事！
粤東人竟有能讀漢書者矣。"公憤甚，恒舉以語人曰：
"汝輩須讀書汲古，毋爲江浙輕薄兒所哂也。"歸家講學，
負笈恒數百人。番禺何石卿宮贊、梁矩亭京兆皆其高足
也。又於鄉間設立背誦經書會，合塾童親自課試之，以
背誦熟洽爲上。成就特多，於《易》、《尚書》、《左傳》、
四子書均有論著。其説《易》之書爲某觀察所攘，欲盗

---

① "甫出闈"三句應指阮元而言。
② 魏其，西漢竇嬰，封魏其侯；武安，西漢田蚡，封武安侯。介
溪，明代嚴嵩，號介溪；桂州，明代夏言，號桂州。

爲己有，今觀察歿，遂不可問矣。生平於算學不甚深，而藏算學書甚多。鄒特夫伯奇少年曾從受業，故於算學粗通涯略，後始融會中法之書，妙通微奧，而其始實公導之也。公長先教授公三十年，然訂忘年之契。教授公嘗謂人曰：「朋輩中擁旄節、樹功名者不一人，然余最心服者，張澥山方伯也；富著撰、工文詞者不一人，然余最心服者，梁雲門教授也。」則公之學行亦可知矣。公歿時，手焚其著作，僅存《研農遺詩》二卷，其文雖有刻本，然多牽率應酬之作，非其至者。往年公之孫嘗屬余爲序，因循未果，當俟異日成之。公性和藹，待人極忠厚，而踐履篤實，義所不可，懍然不稍寬。嘗因謁見稍遲，忤白小山學使，即日引疾歸，設教城西。時同邑何樸園駕部文綺亦同以文名爲鄉里祭酒，一切學規稍從寬大，公顰蹙曰：「吾輩抗顏爲師，乃不能以道義繩人，而徒與褒獎，毋乃敗壞風氣耶？」其嚴正又如此。

觀音山佛像

廣州城北粵秀山有觀音閣，明指揮花英所建也。粵秀山爲粵垣之主山，建閣在永樂時，嗣後科名始盛。然流俗相傳讕說有絕可笑者。或云所供乃字星，非觀音，其垂首下指者，乃魘勝之術也，故廣州科名不大顯。或曰楚人柳先開者游粵，與倫迂岡文叙不相能，忌粵中龍脈之旺，故作觀音閣於山上以壓之。一吠百聲，遞相傳布。考《南海志》，寺中有萬曆間陳大倫碑，即云眾人有擅焚寺一事，知無稽之言由来亦已久矣。道光中，英夷以火箭攻城，咸見白衣女子立半空，用手接箭投陂池中，故城内及寺傍火藥局幸免燒燬。又咸豐中，紅巾肆擾，見白衣女人顯靈，故靖逆將軍奕山、兩廣總督葉名琛均據以奏，獲邀御筆書額。迨咸豐辛酉，洋人退出省城，時南海廖鹿儔觀察_甡、番禺梁星藩封翁_{綸樞}均有撤去觀音像，別供文昌之説。時先君子暨陳蘭甫先生均不以爲然，顧迫於衆論，亦姑聽之，卒以寺中有御賜匾額，不敢擅動。豈神靈之香火未該漸滅歟？抑俗説矯誣，固非神所祐歟？録此以質後之君子。

浙江狀元

許文恪公_{乃普}少年嘗禱夢於西湖于忠肅公祠，夢忠肅公謂之曰："子，浙江狀元也。"茫然不知所謂。厥後許於道光庚辰成進士，[①] 書法素工，不作第二人想。然是科會元爲臨桂陳蓮史_{繼昌}，睿廟必欲置一甲首名，[②] 以爲三元佳話。諸大臣默揣上意，許遂以第二人及第。臚唱日遇同鄉陳荔峰侍郎_{嵩慶}，迎謂之曰："君雖未得狀元，然浙江以君甲第最高，可謂浙江狀元矣。"其言遂驗。

---

① 道光無庚辰，應爲嘉慶庚辰。

② 睿廟，嘉慶帝，謚號睿皇帝。

廣州學宮榕樹精

番禺某生讀書廣州府學宮，性乖戾，而好扶鸞之戲。張惡子、呂純陽、李太白諸仙咸若延請即至者，由是唱酬無虛日。一日偶請乩仙，乩自書曰："孔叔梁紇。"方共怪之。翌日又自書曰："尼山孔子。"眾共肅然敬謁。乩旋批曰："汝善緣甚堅，將來福澤未可量，惟吾某代孫女與汝有夙緣，汝可出妻改聘，到山東衍聖公府詢問，必當有當也。"眾方訝其言之不根，而某生篤信殊甚，即回家出其妻。妻受辱不能堪，奔告父母，父母以爲生妻必有過惡，不然不致爲丈夫所棄也。生妻憤甚，投繯自縊，生岳家故貧弱，不欲控官，草草殯殮而已。生意得甚，日束裝欲爲山左之游，遍與親友別。一日扶鸞，告以起行日期，乩忽書曰："吾非叔梁紇，亦非孔子，吾乃學宮前榕樹精也。爾與小女有夙緣①，不久將合巹矣。"生惶恐，面如死灰，急奔入鄰生房，跼伏襆被中，汗流不止。越日即病，病歸家未幾而死。陳古樵嘗述此事并曰："陰陽本異道，而人與鬼交，鮮有不受其害者。非鬼之能侮人也，人之先自侮也。"

兩相國

道光中，夷事孔亟。時任樞廷者爲滿漢某公，上問以

① 原爲"與爾"，應作"爾與"。

防邊之要策，滿相國某應聲曰："天子聖明。"漢相國亦云："主上洪福。"一時傳爲笑柄，謂其"一籌莫展"云。

區解元慕濂

嘉慶庚辰黃勤恪公鉞主禮部試，得陳蓮史繼昌爲榜首，恒誇耀於人，以爲熙朝盛事。時江南某尚書心嫉之。迨道光壬午，某尚書自揣可望總裁，預行物色各省解元之工書法者。時惟廣東高明區解元慕濂書法獨工，尚書陰召謂之曰："汝前程遠大，宜益加淬勵，庶不負余期望之殷。余若得總裁，汝但於三月初十日寫一破題到余宅，交閽人某某，余便當留意也。"區唯唯惟命。遲數日，尚書果爲總裁，在闈中得翁二銘相國心存卷，初欲擬元；後得一廣東卷，破題相符，文氣亦深厚，心疑爲區作，遂以廣東卷置第一。而翁以同房，故抑置十九。及拆號，則會元歸善呂龍光，而非區慕濂也。尚書不覺失色，及查原卷與呂龍光卷，破題字字相同，乃信君相亦不能與造命爭矣。

翁文端公軼事

常熟翁文端公心存嘗典某省試，有業師某要於山東道上，私行干謁。業師固懇曰："此余後世衣食之貲也。"公正色曰："某束髮從師讀書，但聞教之以居官廉潔，不聞教以營私舞弊也。"師面頳而去。是夜夢至一宮闕，亦類冥署，有碑大書"世代簪纓"。傍注清貴之頭銜極多。

旁有一人謂曰："此汝家科名之籍也。汝存心剛正，故有此報。若貪殘猷法，則如碑陰所書矣。"起視碑背，題"天誅地滅"四字，悚然而寤。今叔平尚書常舉以告人云。

預貼報紅

道光丙午年，有某生肄業粵秀書院。夜夢一人謂曰："汝今科必中，然必預貼報紅，注明第幾名，否則不中矣。"醒以爲怪夢，斥之。然嗣是屢夢不已，益相敦促，生不得已，姑如其教，貼報紅於帳後，不欲人見也。甫貼後，即爲友掀帳見之，拊掌大笑。鄰舍生聞之來觀者幾及千數。遂訛傳其有關節。闈中亦有所聞，主考別取一卷易之，即粵秀書院某生卷也。萬事莫非前定，不其信歟？

咸豐初擬開鴻博科

咸豐初元，張星伯學士錫庚奏請開鴻博科，奉旨交禮部議奏。時湘鄉曾文正公方以閣學在班次之末，會議日遽先曰："此熙朝盛事，久不舉行，薄海士林翹企久矣，諒斷宜准不宜駁也。"時滿尚書某素忌刻，嫉曾眈眈，遽曰："竟無可駁耶？"遂自擬稿，謂近年恩科廣額甚多，幾於野無遺賢，以臣等所聞，未見有學問賅博而淹塞不第者，所請應毋庸議。同官畏其勢燄，不敢強爭，遂隨同畫稿。曾亦預焉。嗣後詞科之議遂寢。若某公者，可謂善學李林甫矣。

劉羽樵茂才

三水劉羽樵茂才_{步蟾}工制藝，詩才亦警敏，然性滑稽，人多畏其口。南海邱姓築唐荔園，阮儀徵制府爲署額。中有擘荔亭諸勝，制府嘗駐節往遊，邱氏於亭邊刻石云"阮制府嘗遊此"。又遍徵同人詩文，延制府評閱。浙中童萼君太史_槐時在幕府，代爲定甲乙。邱故俗物，仿春秋闈揭曉例，於三更後奏樂然礮，張巨榜於所居三界廟前。劉即作俳詩刺之，中有句云："至今擘荔亭邊石，猶説芸臺小便香。"黈夜即黏榜上。迨晨早看榜者並見此詩，無不掩口。邱大恚，欲糾人歐辱之，或力阻乃止。然命途乖舛，歲科試三次冠軍，竟不能食餼，後窮餓而終。先教授公嘗舉以爲輕薄者戒。同時鄧心蓮、周小彭皆工此體，至今多傳誦者。

阮文達公晚年

阮文達公晚年入京，與曹新安相國不睦，以故趨勢之士不甚登其門。嘗見癸巳某翰林，叩以經史，數事不能對。阮公忽太息曰："吾前次己未爲總裁，人才林立，其經學最優者張皋聞也，其最下者爲吳山尊，只能作駢文三兩篇。今癸巳科欲如吳山尊亦不可得見矣。"又見門生，用嘉慶以前規矩，但旁坐，不讓坐炕桌，故諸翰林曾受公培植者亦深怨之。又公在山東學政任，續娶曲阜孔氏，畢秋帆中丞爲之蹇修。或云公實利其奩中有古彝鼎書籍，故遂許議婚。其後又到孔氏廟庫中，得佳品不少。迨道光末，公乞假歸揚州，未幾文選樓即燬。或曰公之僕從恐事發覺，故付一炬焚之；或曰癖古太甚，爲造物所忌。且得之於孔庫者，失之於阮樓，其中或有天意也。其然，豈其然乎！

英西林制府事二則

英西林制府翰在都時，偶如廁，忽見一人穿小褂乘紫騮馬，循牆凌空而行，足不履地。制府以爲妖異，欲盤詰之。時制府之戚某，亦聞聲趨視，其人作窘迫狀，到牆則奄然而滅。影在牆中，詢之，則東鄰方以是日回煞，公所見蓋煞神也。召其子視之，云形貌逼似乃翁云。然不能禍公，知公福德未可量。牆上之影，逾二十日亦旋滅。

制府任皖中某縣時，土豪丁某私通苗逆，擅設釐廠，歲入數萬金。制府召至署酬飲，於座上刺殺之。未幾夢至冥司，冥王謂曰：“汝之殺丁某，公乎？私乎？”制府愕然不能對。冥王徐曰：“爲地方除害而殺之，公也；利其釐金而殺之，私也。汝殺人亦多，然皆不足深辨。冥間所欲訊者，惟此公私一念之分耳。”制府徐對曰：“皆有之。”冥王嘉其樸直，曰：“如此則日後再判可也。”制府且爲文，刊以告人，及位至開府，又深諱之，飭屬吏繳回原書。然江淮間多有知其事者。

岑宮保言夢

西林岑彦卿宮保毓英生平最好言夢。其征大理府也，初駐兵下關觀音閣，夢神牽怪獸凡十八，皆獰惡可怖，以示岑曰："汝當爲我除之！"醒而不解所謂，後擒杜汶秀，其僞官有所謂十八大司者，皆面縛來降，岑忽悟曰："此即神示之怪獸也。"因駢誅之。凱旋時遂撰聯，勒於廟中，以答神貺。廣西百色廳有岑公廟，素著靈異，凡舟人上下灘者，必釃酒祀焉。及道光後，其靈漸不著。或云西林宮保即神後身也。

張太守夢入冥中

桐城張俊卿太守邦彥屢入冥中，記其匾云"明化堂"，聯云："明察秋毫，化行時雨。"堂中册籍纍纍，似係滇中漢回仇殺之案。又財神廟聯云："任你打算盤，多作孽錢難結數；待我繙賬簿，少虧心事好安排。"

雲南圓通寺柱上兩龍

雲南府城內圓通寺爲元代舊刹，佛殿柱上有兩龍，雕刻極工。相傳曾入昆明湖池中與龍鬥云。寺兩廊有五十三參像，內有一像，江觀長髯，魁梧偉岸，袈裟內襲以蟒袍。或以爲即吳三桂像，吳逆敗後其黨所爲也。未知是否。

黎二樵烟鎗

當海禁未開之時，士大夫尚以吸食洋烟爲諱，凡縉
紳庠序均無嗜此物者。惟吾鄉黎二樵先生簡獨吸烟，自
云借以療病。其以"藥烟閣"名其齋者，蓋隱自辨也。
道光時有購得其烟鎗者，中刻唐詩二句云："世事悠悠何
足道，不如高臥且加餐。"① 書法精絕，寶之如球璧焉。

順天霸州侵賑案

長洲彭芍廷中丞祖賢任京兆時，將卸事，適接霸州牧
文書，心疑其有冒賑情弊，以解篆伊邇，不復深究。後
忽夢至冥中，冥王高坐，傍侍一判官，則霸州新牧也。語
彭曰："汝閱霸州稟册，曾有疑心乎？"曰："有之。"曰：
"然則何不批駁？"彭俯首引咎而已。隨回顧階下，則霸
州卸牧露跪，爲數百餓鬼所嚙。判官指謂曰："此皆因短
發賑米而死者也。某卸牧所得共五六百金，冥中科其每
百金應支幾日，每日應活幾人，凡未及期而死者，皆爲
該牧所誤，准其索命。今纍纍者皆是耳。"彭遂驚悸而
寤。翌日，新牧來謁，彭大驚，以爲白日見鬼。姑延之
入坐，新牧首問曰："憲台昨夜有異夢乎？"彭告以故。
牧徐曰："卑職本屢入冥爲判官，此案初以上司下屬故，

---

① 出王維詩《酌酒與裴迪》，原作："世事浮雲何足問，不如高臥
且加餐。"

33

引嫌固辭，冥王曰：'陽間有迴避，陰間無迴避也。汝須細意研鞫，若有一字瞻徇，即受冥譴矣！'"彭叩其案如何了結，新牧囁嚅不敢言，彭固詰之，徐曰："某卸牧係斬決梟首并籍没其家。憲臺例當官至一品，緣此案降一級，將來官至中丞而止。兼尹萬公藕舫青藜亦有失察之咎，由協揆降至尚書。"未幾某卸牧生斷頭瘡而死，死後家人爲盜所劫。彭官至鄂撫，萬官至冢宰，終不大拜，無不悉如其言。

扶 鸞

光緒乙酉年，雲南臬司李蓼生廉訪德羲乞病時，或有爲扶鸞之戲者。問新廉訪爲誰，批曰："出口驚人。"咸莫喻其意。及除書下，則江都史繩之念祖①。乩語蓋隱其姓也。其神如此。

張中丞異事

江夏張月卿中丞凱嵩撫滇時，素强壯無病。一夕檢點文書，適侍婢捧茶至，中丞回顧，見一鬼高丈餘，獰惡可畏，急拍案驚呼，視之即侍婢也。翌日遂得病，猝中疾不起。意者魂魄之先離歟？或別有冤報歟？

---

① 此拆字遊戲，"史"字包含"口"與"乂"（近"人"）。

大理三塔寺

雲南大理府城外三塔寺，唐以來古剎也。咸豐初，塔忽裂縫如欲傾墜者，耆老咸以爲不祥，未幾杜汶秀起釁。同治末，大理收復後，塔縫合如故。大雄氏之示現亦神矣。

元江州

滇中回變時，元江州屢遭殘燬。及事定，衆議修城，於城夾中得雄雞一，燈檠一，又有一土碗滿注清水，中有一小蟹。咸莫喻其故。燈見風即滅，雄雞長鳴一聲亦死，惟小蟹有盛，歸養以盆盎，逾數日不見。元江州城內向少大風，及城工竣後，恒見大風揚沙拔木。意者爲昔人鎮霾以禦風者，理或然歟。

巧家廳某丞

江南某君筮仕雲南，委發審局總辦。有巨盜李添元，罪應大辟。時署廉訪某，簠簋不飭，受其賄五百金，許以不死。某君承審，亦得二百金。未幾史繩之方伯念祖到任，竟置添元於法。添元故有母，其所納賄賂乃母鬻釵珥所貽也，聞添元卒，以驚悸死。逾數月，某君攝巧家廳丞，赴任時路過茶亭，即見厲鬼相隨，急擲碗踉蹌奔避，口喃喃自言：「數十年辛苦，但積得首飾數件，乃爲貪吏所給耶！」嗚咽不成聲，又時作勸慰語。又戟手自指罵曰："汝要我錢，當保我命，既不能保我命，即當償我錢！"某君懼，延僧超度，焚楮帛約值二百金，病稍止。然由此顛癇，頓易故常。某署廉訪後升浙江運司，將抵任，行至武昌，遍身腫爛而死。或亦傳其被鬼所擊云。

龐方伯爲神

寧津龐省三方伯際雲性鯁直，任雲南藩司數月即卒。其歿之次日，同鄉鄒大令國祺方病劇，輾轉牀蓐，忽告同寅曰："龐方伯邀我入幕襄理，昨已奉委，諸公以爲何如？"或傳方伯已爲神矣。故余輓以聯云："維彼山甫，柔亦不茹，剛亦不吐；於戲曼卿，生而爲英，死而爲靈。"[1] 即暗指此事。

楊邁公中丞相法

臨川楊邁公中丞_護善相法，嘉道間一時稱絕。相傳得來文端公_保秘傳之法。嘗相吾鄉溫箬坡侍郎_{汝适}，云官至四品。未幾溫丁憂旋里，逾年再入京，楊一見大驚曰："君居鄉有何事業？今滿面陰德紋，視前殊勝，當官至二品矣。"溫曰："余居鄉讀禮，不敢以公事干地方官。惟所居名桑園闈，爲南海、順德交界，適當西江之衝，每

---

① 山甫，仲山甫，周時賢臣；曼卿，宋代石延年。

夏潦時淹没爲患。^① 余合兩邑紳士呈請發帑大修，並捐置
巨款爲歲修之費，歲護民田以萬計，或足言陰德乎?"楊
曰："昔人云：活千人者，當得侯封子。福德未可量也。"
未幾溫果入直上齋，官至兵部侍郎，子承悌亦入翰林。
邁公陳臬浙江時，得一童卷，甚爲賞異。覆試見其狀貌，
驚曰："此子當作狀元宰相!"即許文恪公乃普也。然心
甚疑其行路破碎，復令其自檐下至大門往返數次，歎曰：
"惜哉!汝將來科名可得一甲，然卻非大魁;仕宦可至一
品，然卻非閣老。"後竟如其所言。

南陽元妙觀

南陽府城内元妙觀，規製宏敞。道光末有道人欲寄
宿，觀中羽流輩咸憎其襤褸，驅之出門，遂臥檐下。翌
日石上隱起一畫像，絕肖呂純陽，始知爲呂道人化身也。
懊悔不已。其像至今尚存，湘中湯幼安觀察_{聘珍}曾親
見之。

樹　祟

山左楊協卿學士_{紹和}居椿樹胡同，屋後有老樹，大可
蔽牛，扶疏垂蔭。一日忽夢樹神告曰："吾明日當有劫，
乞君爲保護。"楊諾之。侵晨宅主果遣人斫樹，楊告以

---

① 桑園闈，即桑園圍，今屬佛山，始建於北宋，今入選"世界灌
溉工程遺産"。

故，且願出十金免其翦伐；主人故昂其值，索二十金，楊有難色，遂聽之。夜夢樹神責曰："君席豐履厚，何吝此十金？不使余得保其天年，余必有以報君！"悻悻而去。未幾楊得病，遂卒。夫楊既出十金，不得謂爲爽約，不降禍於主人而降禍於楊，何也？疑造物之報施亦近於悖矣。

尹文端公後身

揚州某生墮地時，其父夢尹文端公來謁，大喜，以爲公輔偉器也。長而聰慧，詩文亦工，惟年四十尚困一衿，鄉闈屢遭勒帛。或有扶鸞叩問者，批云："文端一代偉人，惟服食器用過於豪侈，數世之福澤享用殆盡矣。故今世之蹭蹬，聊以相償也。"某生恍然覺悟，益淡於仕進，不復應鵠袍之試。聞至今尚存。

尺牘佳句

頻年師友投贈書札，每有佳句，輒不能忘。余外擢雲南糧道，合肥師相賀，函云："碧雞遠徼，是詞臣持節之鄉；白虎宮鄰，正都護飛芻之日。"又余壬午典試江南，以闈墨寄馮展雲師，其復函云："憶泛使槎，我戲更欣子佩；細披元墨，後舞不讓前歌。"蓋展雲師先於己卯科典試是邦也。張研秋編修_{鼎華}新得館選，致余函云："未登絕頂，難陪三島之真仙；學畫長眉，已愧十年之老女。"數聯皆典雅可誦。

袁子才軼事

袁子才曾作粵游，而於粵中人物甚不滿意。游珠江則憎粵妓之劣，登羅浮則言粵山之粗。甚至端石、荔枝，凡粵産之佳者，必加詆斥。所撰《隨園詩話》，除嶺南三家偶然道及，此外未嘗收粵人一詩也。相傳子才到粵，攜劉霞裳游西樵。時黎二樵先生簡方以詩雄嶺外，有致友人書云：“聞浙人某欲作樵游，此公品行卑污，且攜孌童而來，足令林壑蒙恥，殊穢名山矣。聞此公又欲選余詩，渠以詩名雄東南，而實佻冶無足取，余亦雅不欲以詩卷供若輩採擷也。”子才聞之，甚不懌。及抵西樵，果有聚觀而譁譟者，踉蹌入船，幸免瓦石之擊。故恚粵人特甚，理或然歟？考乾隆時，二樵詩名自遠不如子才之盛，然細閱兩家詩集，袁詩纖新，墮入惡道，黎詩則沈雄刻峭，力避膚庸，未見袁詩之果勝於黎也。然則石鼎道人之崛強，不甘北面者，夫豈輕作魯西家哉？①

吳穀人祭酒

相傳吳穀人祭酒錫麒書案中分數十格，以門目編次。每閱經史，有屬對新巧者，悉投入焉。及撰駢文，即挨次取用，非至親好不得近其書案也。古人白太傅撰《六

---

① 黎簡又號石鼎道人。古人以“魯東家”稱孔子，此處意謂袁枚若爲“魯東家”，黎簡當不願爲“魯西家”，與其爲鄰爲伍。

帖》，分貯陶器瓶中，亦即此意。王新城尚書每得佳句，
輒以小紙粘於屏風，作詩時必細閱一過，亦與此事相類。
按：祭酒駢文好用唐人說部、宋人詞曲，有新色而乏古
韻，與屬太鴻詩取材正相同。計《有正味齋初集》文，
詞采尚豐；至二集文，則皆稗販類言，多陳說而少心
得矣。

某觀察

　　香山某觀察由佐貳起家，歷膺赤緊。嘗任上海縣，
同鄉頗稱其能。嗣以候補道需次江蘇，隨同臨桂周侍郎
德潤馳赴雲南辦理勘界事宜。見人輒盛言西人之學神奇，
迥非中國所及。或有議其諛頌太過者，不顧也。後緣勘
界至雲南邊境之河口，其地烟瘴最盛，舊有八塞王廟，
香火特多，相傳神爲明代官，征蠻至此戰歿。觀察寓居
廟內，往謁神，跪拜甫畢，見神以掌摑之，仆於階下，
口喃喃不知作何語。同人以人葠薑湯灌之，稍甦醒，逾
日仍卒。岑彥卿宮保毓英嘗曰：“滇人、越人皆義憤欲誅
法夷，而此公以危言悚之，搖惑人心，其上干天怒也，
宜矣。”未幾觀察之子亦歿於開化城。

陳厚甫先生

　　仁和陳厚甫先生鍾麟工制藝，有人倫鑑。當掌教粵秀
書院時，院中肄業生徒，最欣賞者四人，蓋楊黼香榮緒、
陳蘭甫澧、盧□□同伯、桂星垣文燿也。當時有“楊陳盧

桂"之目。值鄉試期近，先生召集四生，謂余出一聯，
請諸君屬對，但須沖口而出，以占將來成就。陳出句云：
"大海鯤鵬運。"桂應聲曰："高山鷙鷟鳴。"陳擊節曰：
"此玉堂佳器也！"楊對曰："青天鴻雁飛。"陳曰："青
天鴻雁，高舉之象，當亦通籍而迴翔京外乎！"盧對曰：
"微風燕雀高。"陳曰："燕雀爲物較小，幸託體尚高，
其殆部曹之屬歟？"陳對曰："深山虎豹藏。"陳沈吟良
久，謂："虎豹偉獸，而藏於深山，殆文采晦於當時，而
流聞於後世乎？"未幾桂楊皆入翰林，洊擢道府；盧得主
事；陳僅一孝廉，而經學大師享名獨盛。——皆如先
生言。

　　右《荔村隨筆》一卷，清譚宗浚撰。宗浚字叔
裕，廣東南海人，咸豐甲戌進士第二人及第，官至
雲南糧儲道。著有《希古堂文集》、《荔村草堂詩
鈔》，其未刻者尚多。父玉生先生，名瑩，博學工
文，尤喜蒐羅粵中文獻，與陳東塾同爲學海堂學長。
先生沾濡家學，早掇巍科，又博聞多識，此册雖僅
一卷，而京朝掌故，鄉里軼事，多世所未知者。如
袁子才詩名震海內，而黎二樵斥爲佻巧無足取，及
其游粵，謂足令林慙壑恥，至聚觀嘩噪，投以瓦石；
阮文達一代名臣，而續娶曲阜孔氏，謂利其奩中古
彝器書籍，於文選樓之燬，謂得之孔庫，失之阮樓。
其譏評過當，往往而是。然或一時恩怨，縢其口說；

或俗語不實，流爲丹青。擭拾以資談助，初何損於二公，若乃持以爲嫌，益見其所懷之窄隘耳。或又以多記妖魅機祥爲病，然古人假以勸懲，亦神道設教之常，何必重以爲訾？如書漢陽葉相國遺事條云：“山鬼之戲弄人，亦云巧矣。”廣州城照牆條云：“風水之説，固亦倖中，而不可過泥。”而廣州學宮榕樹精條引陳古樵言：“陰陽本異道，而人與鬼交，鮮有不受其害者，非鬼之能侮人也，人之先自侮也。”尤爲明通之論。然則先生豈真惑於鬼神者哉！讀者幸勿泥其跡也。江安傅藏園先生録本見寄，兹據以校印。歲在辛巳十一月。吳縣王大隆跋。

荔村隨筆終

止庵筆語

　　江都史繩之方伯云：“論人不宜觀成敗，律己則宜觀成敗。譬如科第未中，畢竟是學問尚疏；仕宦不遷，畢竟是才能尚小。如此，方是聖賢克己功夫。”

　　“聞伯夷之風者，頑夫廉，懦夫有立志”，[1] 畢竟是三代上之風。今則貞女懷清之閭，夏姬過而弗睨；廉吏樸陋之室，貪酷哂其太愚。欲其知愧勵也，難矣。

　　凡人之太謙者多詐，而太好夸者多忌才。近時左文襄公見客，必自述戰功，津津不去口，故晚年所薦剡者不盡佳士。

　　史繩之方伯云：“離卦中虛，而主文明之象。[2] 可知凡有學問者，未有不虛心者也。”旨哉言乎！

　　讀書作字皆能收放心，與念佛經同。但我輩讀書作字，皆不如彼教念佛經之有恒，則福田之說誘之也。其實儒釋止是一理。

　　歐公在夷陵閱陳年案牘，歎其顛倒是非，因有“文

---

　　① 語出《孟子·盡心下》。
　　② 八卦的離卦☲，中爲陰爻，中空，故曰“離卦中虛”。《易傳》以離卦代表文明之象。

章止於潤身，政事足以及物”之語。余謂此猶是北宋之風俗醇厚也。余攝滇臬，時府縣各招冊皆鋪叙完好，全不見有破綻處。及登堂訊鞫，則犯供與招冊大相逕庭，屢加駁詰。嗟乎！人心之巧於彌縫，宦途之工於趨避，豈一朝一夕之故哉！

或問余居官之法，余必告以九字曰：多讀書、毋近利、肯留心。其實多讀書，不過平時之根柢，若後二語，乃筮仕之良規也。一切智勇功名，未有不從此中出之者。

報應禍福之説，恒多不驗。太史公《伯夷傳》已詳言之。以余所見，亦不驗者居多。然倖其報應之驗而爲善者，凡民也；明知其報應不驗而亦爲善者，君子也。有志者，宜審所處矣。

中興以來諸節使中，惟湘鄉曾文正、花縣駱文忠兩公無愧純臣。其餘則意氣飛揚，多參以雜霸之術，甚者或營私壞法，剛愎自專。如某公者，蓋無譏焉。

或傳同鄉駱文忠一事：文忠初散館時，與其同年順德蔡春帆編修同寓廣州會館。蔡在鄉間才名遠出駱公上，及同考均列一等，賀者盈門。蔡謂人曰：“僕此次留館，固意中事，若駱某文字素不工，而亦列前茅，真倖獲矣！”聞者變色，而文忠處之泰然。其與蔡交始終如平時，未嘗有疾言遽色，盛矣哉，揚之不清，撓之不濁，是真能休休有容者乎！雖顏子之犯而不校，何以過此。

遷善改過，惟大英雄大智慧能之，其次則全靠讀書變化氣質。下此者，皆不能也。嘗見某公惡一監司，欲列彈章。後監司以重賄賂其至戚幕賓，譽言日至，某公反器重之。恒語人曰：某監司爲吾所陶鎔，今已改過自新矣。其實貪黷鄙瑣如故也。噫！身爲達官而徒狗馬聲色之是好，且又目不識丁，其不敢作惡者，怵于勢耳。烏有此輩而能改過者耶！

士大夫端品植學，斷從初釋褐始。今世京官多患貧，故初入翰林部曹，恒有到兩淮閩粵上海等處措資者，雖賢者不免。即唐人所謂“挾三百綾文刺”涸人也。[①] 然亦宜小心謹慎。嘗見某前輩入翰林，好與市儈人往來，日徵逐于狹邪平康之中。後勢分稍高，歸里時，以激濁揚清自任，卒無有應者，以其少年喜濫交，不孚鄉望也。又某太史曾作粵游，亦與紈袴往來，後督粵學，故交之子弟偶有被甄錄者，蜚語四起，卒罣彈章而去。是亦不可以已乎。余新得鼎甲，同人或勸余往上海、香港措資，可得數千金，余笑而不答。過上海時，只留數日，投刺

---

① 文刺，名片。語出《雲仙雜記》（托名五代馮贄）：“日提綾文刺三百，爲名利奴。”

者僅舊識一二人。抵香港，住船中，並不上岸，足不踐其地。同鄉或怪余以拘傲者，不恤也。

某公在翰林，聲譽赫然，及任外官，名聲頓減。或叩其故，余曰：“老子云：以正治國，以奇用兵。未聞治國而好奇者也。今某公事事好奇，謀一身而不足，欲其不棼擾也得乎。”

凡居京官者，汲汲患貧，恒曰外官可以做事，此謬論也。京官雖託空言，然事事可以建白，亦可以整頓，若居要地，並可以進退人才。今之外官，則惟知鑽營、傾軋四字而已。甚至我不鑽營而人有鑽營我者，我不傾軋而人有傾軋我者。故余褊急之性，於外官曾不能一刻居。

順德潘小裴觀察嘗語人曰：“田者富之終，累之始也。”[1] 雖不合六書，而其言甚有趣味。

凡人之才情不一格，有迂謹者，有謙遜者，有樸訥者，有粗暴者，有疏率者，有執拗者，陶鎔之即可以成材。惟一種人，猥浮便給，賣弄聰明，事事但強不知以爲知。此最無用處，以其不肯虛心而又事事欲占便宜，

---

[1]　此拆字爲説。“富”字之下爲“田”，“累”字之上爲“田”。

不能腳踏實地也。此輩城市中最盛，其稍有才者祇可與
豪門弔喪請客，其下者流爲賊隸匪人。

近來子弟稍讀經史，輒薄八股爲不足道，此大謬也。
八股之析理論事，儘有精處，斷非心浮氣浮者所能工。
余少承教授公訓，[1] 閉門潛心經史，惟會試前一年專課舉
業，經史則暫束閣不觀。

在蜀時延幕友襄校試卷，在滇時延州縣評閱書院卷，
其去取多不盡如吾意。非皆不能文也，大半掉以輕心耳。
故知天下事，認真者之難。而精於時文鑒衡不差者，海
内亦不多覯也。

余酒量不高，頗好獨酌，或遇一二知己，亦可飲半
升。然兩典文衡，均抱微恙，或眼痛，或痔血，或肺燥。
雖沿途州縣供億華侈，備極水陸滋味，涓滴不能嘗也。
自卸事則病愈。迨歸里後及入京，恒以百錢市魚肉，食
無兼味，而酒量轉豪。其故有不可解者，殆禀賦中之口
福有限也。嗟乎！飲食之微尚如此，況敢貪饕贓穢，厚
自封殖，以貽子孫哉。

---

① 原文"教授公"前空一格以示尊敬，"教授公"指其父譚瑩，曾
任瓊州府學教授。

國家官制，文武並重，而文常輕武。余初亦覺其太過，繼而思之，抑亦武官之自取也。余在蜀試瀘州武童，時州牧某素以貪黷聞，爲童生所譟逐，踉蹌潛遁。監射某副將亦欲逃，余曰："我輩一移步，則鬧考之案成矣。"因危坐堂皇，反復開導，衆童帖然。而某副將戰栗皇怖，嘿不敢聲，蓋其怯懦，尤甚於文弱書生也。又在滇時，有釐局被劫，大吏嚴捕不能得。一日某游擊忽來告曰："有一賊係與營兵鬪毆者，其人向以賣雜貨爲生，而性情兇悍，諒非良善之徒，請以之借命抵案可乎？"余與諸同寅嚴拒之乃已。噫！武官之見解類如此，欲不爲文員所輕也得乎？

廣州三大縣人才略相等，而風氣各不同。南海之人敦厚，其弊也樸魯；番禺之人穎悟，其弊也儇巧；順德之人安詳，其弊也文飾。時文亦然。南海之文沈實，番禺之文清雋，順德之文雍容而博大，善於時文者恒能辨之。

阮文達公嘗語人云："讀書者不貴乎一目十行，而貴乎十目一行。"① 蓋非靜專勤篤者，不能字字細玩味也。

---

① 阮元《題嚴厚民（杰）書福樓圖》詩有"校經校文選，十目始一行"之句，自注云："世人每矜一目十行之才，余哂之，夫必十目一行，始是真能讀書也。"

此可爲子弟讀書之法。

凡鄉里當盛時，其登科第者，必皆敦品積學之人，故子弟勉爲良善。及其衰也，登科第者皆頑鈍貪饕之輩，故子弟狃於昏庸。惟國家亦然，世盛則賢才者進，世亂則貪濁者陞矣。

國家於大小官員，均設養廉，所以待臣子者至優渥也。乃今之大吏，凡衙署中紙張印色茶葉煙酒，均於州縣中取之。甚至東南各省，聞幕脩亦由州縣備辦。豈養廉專以贍身家，而不能爲衙署公費乎？清夜以思，抑亦汗顏甚矣。余嘗謂：做官如做秀才時，便無一不可做。憶少年食貧，授徒紙筆之費，亦皆自備，未肯強顏丐人。今爲達官，乃事事仰人供給，果何爲者？余在蜀，供帳頗奢，然未嘗取其一帳、一簾、一瓶、一硯。在滇亦然。樂燮臣大令嘗語余云：“某任首令半年，未嘗見糧署取一物。蓋誠見區區者，皆百姓脂膏。多一分索求即多一分騷擾，後必有踵事增華者，君子貴防其漸也。”

人才之衰，莫有過于今日者。道光中，英夷竄擾江浙，時有獻策稱荸薺可以銷銅，請市荸薺數千擔，將夷砲磨漸薄，俾不得焚爇者。光緒庚辰歲，俄羅斯始開邊釁，亦有奏請仿火牛之法，束葦灌油繫於鴨背，以焚夷艘者。二事均堪發笑，曾兒童之見不若矣。

國朝諸儒，喜談漢學，類皆通今博古之才，然其人品正有差等。若秦文恭、王文肅、朱文正、阮文達、姚文僖，暨黃梨洲、胡胐明、全謝山、張皋聞、錢竹汀、王蘭泉、汪雙池、惠半農父子、李申耆，皆其粹然無疵者也。顧亭林、杭大宗、洪稚存輩，稍流於畸僻，然或有託而逃正未可知。若毛大可之詆詬紫陽，則謬甚矣。戴東原、孫淵如、陳恭甫頗不滿於鄉論，不知何故。朱竹垞以風懷詩致貽口實，閻百詩識見頗陋，然尚無大疵。若江鄭堂、汪容甫、龔定庵輩，直是狂倨罵人，無足取矣。段懋堂大令小學甚精，然其宰蜀時，亦不聞有循聲。《嘯亭雜録》又載，王西莊有貪黷之名，未審信否。昔人謂好考據者多貪財，好詞章者多漁色，雖未必盡然，然取法正不可不慎也。

子弟年過二十歲，不宜令住衙門。蓋人情見利而不爲所動者，百無一二。若署中有子弟，則官親幕友門丁均奉之爲獲利之媒官，即家法甚嚴，而子弟已爲千人所指矣。近時駱文忠，不許其子弟到衙門侍奉，最爲可法。若左文襄、勞文毅、張靖達諸公，皆不免受子弟之累也。同鄉曾卓如、蘇賡堂兩制府亦如此。

岑西林宮保嘗語余云：“天下之最無恥者，其衙門之官親乎！不士、不農、不工、不賈，但親戚得一官，即舍其正業而千里相從，冀分餘潤。爲官者苟信任之，未有不償事者。"此言似過激，然任守令者，正不可不知此義也。

天下做官，斷無名利兼收之理，得利則失名，得名則失利矣。近時喜談經濟者，莫如魏默深刺史、包慎伯大令，然兩君出宰百里，均不聞循聲。豈文學與政事固不兩能耶？慎伯爲某縣令時，縣民有兄弟爭產者，輒仿漢韓延壽閉門自撾故事，號咷大哭，冀其感悟，而訟者瞠目不知，斷斷爭辨如故。慎伯乃推案大怒曰："人之無良，乃至是耶！"是又以漢儒聽訟之法施之今日，抑亦迂而寡效矣。

凡衙門當差所言，而無案牘可憑者，多不足信。某公督蜀學時，將考選拔。書差預稟云："四川舊例，應選拔者，皆前一日先註明贄脩多寡於册，而後擇其豐者錄取之，歷任學政皆如此。"其實歷任學政均無此事，乃書差僞造謠言也。學使本亦貪黷，爲所動，遽俞其請。迨出榜，物論譁然。計學使所得，僅十之三四，書差所得，幾十之五六，而學政贓穢之名遍傳輦下矣。書此，以爲聽言而不察實者戒。

蘇文忠詩云："但願生兒愚且魯，無災無難到公卿。"錢牧齋反之云："但願生兒獪且巧，鑽天驀地到公卿。"僅易數字，而二人心術邪正判然冰炭矣。昔人云"言爲心聲"，豈不信歟！

近世士大夫未釋褐時，多沈溺於時文；既釋褐後，又沈溺於律賦、小楷，欲其講求體用之學，難矣。余謂國家舊制，猝不能遽改，然大考翰詹定期以五年或十年，俾館臣到期始行淬厲。其餘各年，且任其縱觀史漢經濟各書。一則可以息躁競之心，一則可以收誠篤之士，實於人才不無小補也。

凡人於朋友生死之際，切不可稍存輕薄。嘗見某舍人歿於都中，旅櫬蕭條，同鄉爲之歛錢歸葬。某水部性刻薄，僅助錢一千，題募啟云："生前不相知，死後聊復爾。"意謂其不宜以喪事溷人取財也。及水部歿時，其貧尤甚，亦有爲之歛錢者，或亦書此二語於募啟還之。甚哉！怨毒之於人也。

凡人辦事，以知緩急爲妙，急來者則緩受之，緩來者則急斷之。古今名臣，能從容定變者，多不外此兩義。

曾南豐云："著書忌太早。"凡少年粗知握管，便欲刊集問世者，當奉此言自警。

保初節易，保晚節難。近時所稱債事之臣，初多聲名赫赫者也。賽相國尚阿本有清望，嘗與客談，詆及鈞

54

軸，穆相微聞之，知其不嫻軍旅，特薦往廣西視師，遂及於敗。牛鏡塘制軍撫豫時，辦河工治水災，甚有能名；伊莘農相國素稱廉介，滇人至今頌之；後與耆相國同主和議，一籌莫展，爲人詬罵。琦靜庵相國貪而有才，在蜀時整頓營伍，培獎士風，能知大體，殊非近時督蜀而妄議更張者所及；聞在陝甘亦有惠政，故前數年亦有議爲建專祠者；或云琦相國功在一隅，過在天下，斯平允之論矣。陸立夫制府喜談理學，又留心經濟，任天津道時，所擬防夷各款，當時競傳誦之；在江南初變釐法，家家無不尸祝之者。勝克齋侍郎初時打仗甚勇，一片血誠。何根雲制府、翁祖庚中丞，其文章學問在詞館中著名，何尤意氣飛揚，慨然以大局爲己任。徐仲升制府、葉崑臣相國在粵均有能名，葉相國平紅巾土匪，功亦甚偉。蕭雨亭協揆，性最貪慾，然頗愛才，文士多萃其門下。以上諸公，在今日視之，誠不值一錢，在當日視之，誠亦似國家可倚仗之材也。其弊在於本無實際，而謬得虛名，又不肯持之以小心實力，且甫經外任，沾染惡習，淫侈成風，故一敗塗地耳。然則薄有時名而未更事者，可不戒歟？可不慎歟？

余在滇，見前任貪贓婪劣，所不忍言。以爲滇去京師太遠，且經大亂，故不及聞。唐鄂生中丞言蜀事，則亦猶夫滇也。過黔，聞同鄉言黔事，則亦猶夫滇也。至聞諸友言楚事、豫事，則亦猶夫滇，而奢靡且較滇甚也。

然則我輩懷忠履潔之衷，必當所如輒阻，即上憲能容，其不受同人擠陷者幾希耳。故余在滇只一年有餘，決計南歸，非不能爲外官也，不能爲今日之外官也。

近日仕途有數端：自科甲外，有曰軍功班，皆有戰功，從馬上得之也。有曰捐納班，曾納粟捐餉以濟國用之不足者也。獨別有一途，曰勞績班，果何爲者也？此其人，類皆督撫私人或京外官輾轉代求者，每一彙案，恒數千百人。問其職掌，則曰某文案也，某支應也，某台站也，某坐催提解也，某監辦軍裝也，某轉運兵米也。既無衝鋒陷陣之勞，又非有助粟輸縑之費，層累增加，瞬息可由布衣而躐升牧守者。且由是途出身者，多應對明敏，儀止安詳，美缺優差悉爲所盤踞，上司亦愛而重之。嘗見有霆營得保舉，而不知鮑春霆軍門名字者；有黔軍保舉以知府用，而一生實未出都門者。名器之濫，莫斯爲甚。故人知捐納之有妨正途，而不知勞績之有妨正途爲更甚也。安得一破除情面者起而矯之哉！

陳六舟中丞致余書云："凡由京官放外官，如轉生再世爲人。"閱之殊堪失笑。

徐鐵孫觀察嘗云："人情於飲食嗜好之物，少年則嘗其糟粕，老年則挹其精華，及其死也，則饗其馨香氣臭。"末語真可謂知鬼神之情狀矣。

嘗記國初某公贈陸稼書先生詩云："在官貧過無官日，去任榮於到任時。"① 下句余不敢知，上句則在滇兩年皆如此。

凡鄉間人明理者少，不明理者多。如不知居官之宜清廉，則反謂貪贓者爲得計矣；不知處家之宜樸儉，則反謂奢靡者爲耀觀矣；不知鄉紳之宜不理公事，則反謂鑽營干謁者爲有才矣。我輩宜力矯時趨，切毋爲鄉人俗見所惑。

聞曾賓谷中丞每日必留出一兩個時辰，或靜坐，或飲酒賦詩爲快意之事，謂之養天和。其戚宋小書方伯亦如此。故雖處憂患，屢瀕於死，而不以抑鬱傷生。辦官事者，宜理多於情；辦鄉事者，宜情多於理，反之則各有餘弊。

萬文敏公語余曰："邵位西舍人喜讀書，而不甚諳世務。嘗與某公論事，意見頗齟齬，某公徐檢一書，示之曰此書中所言也，便欣然樂從。"此亦通人之一弊。

聞俄羅斯東界與黑龍江毗連之地，其民皆痛心疾首，

① 陸隴其，字稼書，贈詩者爲俞鶴湖，見黃維玉編《陸清獻公蒞嘉遺迹》。

欲歸中國而不能自達。蓋彼國征徭最重，賦斂最苛，民不聊生，視中華如仙宸帝所也。然則孟子所云"天下之疾其君者，皆欲赴愬于王"，殆至今日而不驗矣？

古今來邊事，類皆武臣主戰，而文臣主和。今則反是，督撫任膺閫寄，動以不宜妄開邊釁爲詞，而主戰者多出於未經歷之詞臣臺諫，無怪乎愈談邊務，而邊務益無所措手也。或曰：然則爲督撫者將如何？余曰：主戰主和皆爲國家辦事，未見戰必是而和必非也。與其浪戰而貽害生靈，不如主和較爲持重。然京官可言和，外官斷不可言和。敵至則修甲兵，嚴警備，慎固封守，效死勿去而已。烏可先言不宜戰，以示己之怯弱哉！

人心之壞，莫如香港、上海兩處。其俗但知媚夷，全不復顧廉恥，而國家之紀綱法度，則益置之度外矣。嘗見女子穿半臂而裸坐於馬車招搖過市者，又見有盛服而送區傘於洋官者。嗚呼！聖人禮義之教獨不行偏隅，真苗猺之不若也。夫日中必昃，水滿必覆，意此地百年之後，其將爲何如乎？

讀《離騷》，便有一種纏綿之意；讀陶詩，便有一種冲淡之意；讀杜詩，便有一種忠愛之意。此三書皆宜日置坐側，不當以文章論之。

凡居城者多嫌應酬之苦，而不知交游皆學問也；行路者皆厭程途之苦，而不知游歷皆學問也。如此方是徹上徹下功夫。

余默計國朝臣工好建白言事者，多品行不能副其名，其能完晚節者，僅孫文定公暨錢南園通政而已。魏敏果公象樞，當時頗有違言。趙恭毅公申喬，其子至於伏法。郭華野亦有議其在吳江本非循吏者。方望溪建議禁燒鍋，迂謬無用。初頤園侍郎彭齡、尹楚珍閣學壯圖，皆有謂其條陳不盡因公，未審是否。謝梅莊劾田文鏡，錚錚有聲，而學術頗乖僻。劾和珅之御史廣興，後官侍郎派赴山東、河南查辦事件，以貪妄獲譴。道光中，吾鄉曾卓如、蘇賡堂在諫台甚有聲，其後督蜀督河，頗有所見不逮所聞之歎。時同為諫官者，尚有中州陳杏江給諫壇，天下督撫恭劾過半，後為團練大臣，聞賊警先逃，至干嚴旨逮問。咸豐中科場大獄，發之者為孟御史傳金，然其人頗非純粹，後竟以事得贓，遣戍口外。又庚申天津夷寇之變，力陳戰守事宜，侃侃縱談者，莫如尹御史耕雲；迨逾數日，五城御史集議國防，其首先逃匿者，則尹也，都人至今能言之；尹後官河南，聲名頗不滿於眾口。同治初，江右蔡梅庵太史壽祺劾恭邸，舉朝動色，然蔡在京素以貪劣名，且聞其奏疏實出於宦官之手，如計果得行，則閹豎擅權，其流弊有不可勝言者；蔡後為陝西巡撫劉蓉所劾落職，久住京師，形同乞丐，人莫不畏而惡之。王孝鳳好以贓劾人，後果以贓敗。光緒初元，言路大開，其間喜條陳者，以張幼樵副憲爲最，厥後督師馬江，敗績先逃，逮獄遣戍。此豈皆明於責人、昧於責己哉！自信太高而能言，不審昔日之所以劾人者，正其所自蹈也。然則欲袪此弊，惟以肅靖持躬，以寬容接物，則庶乎能言顧行、行顧言矣。

讀書人氣骨不可無，氣燄不可有。所謂氣燄者，不必其聲勢赫奕也，但應接稍有不周，即近於驕倨。嘗見某觀察在蜀中，爲某督所信任，薛雲階侍郎時授建昌道，八往踵門而不得見。後某觀察遞陞至節鉞，緣事逮問，薛適任刑部，過堂時迎，謂之曰：“前在成都艱於一面，豈知今日在此相逢耶？”某慚汗不能對。此可爲輕忽人者戒也。

天下照例之事，有絕可笑者。余在滇中，見遍地皆種鶯粟花。惟年終咨戶部册，照道光以前例，必曰通省並無栽種鶯粟之地，又曰通省軍民人等並未有吸食洋煙者，均出具甘結。余閱之胡盧不能自已。

凡女子性主陰柔，雖極兇悍潑逆之事，必要説出閨閣所聞一番道理，從未有肯自甘認錯者。同邑劉黄溪學正嘗曰：“人非聖賢，孰能無過。若今世之婦人，則皆無過，聖人也。”此言近謔而頗有理。

同邑朱子襄京卿嘗訓門徒曰："世人謂時文爲敲門磚，似也。然即以門喻，不知敲門既開之後，將登其堂奧乎？涉其門庭乎？抑僅踐其門內而俍俍無所之乎？若禮樂兵刑之未識，儀章典制之未知，縱倖登甲科，惟舌繙口張，毫無主意，其與敲門而不知所適者，奚以別也？"其言頗深中近日士夫之病。

闈姓，始於嘉慶末道光初，其始不過以卜能文之士果否中式而已。厥後改爲希姓，而其風遂盛。馴至今日，幾如大川潰隄，不可收拾矣。同治末，鄧鐵香同年請禁之，奉旨俞准。光緒初，英西林宮保請復開，格於部議，不果。近時張香濤制府因軍餉支絀，奏請弛禁，同鄉一二正人均不以爲然。余謂闈姓不過以占科名之得失，較之牧豬奴搕蒲，誠爲稍雅，若未奉旨屬禁，以前偶一爲之，正無傷盛德，譬之玦卜、鏡聽而已；若既奉旨以後，則士大夫居鄉，當謹遵功令，豈可犯法以爲齊民倡此，必當嚴自克制者也。大約此事於科場考校之弊竇、廛市貿易之盛衰大有關係，畢竟利少而害多。

我輩寒士，受人一分之財，即當報之以一分之力。假如今年之館穀三百金，則教誨其子弟必當詳盡，切不可自詡才名素盛，即謂東人之財帛悉用之如泥沙，可以受其惠而不必事其事也。余所見能文之士多犯此病，然功名必蹭蹬。戒之！戒之！且推此念以居官，則祿愈多者，其責愈深，庶免乎素餐之患矣。

凡作詩、古文詞，多與年俱進，愈老則筆力愈蒼。篆隸行楷亦如是。惟館閣之詩賦及小楷則不然，雖積三四十年之力，與少作無異，不少進。其銷磨文士精神不知多少也。

陳蘭甫師嘗曰：“本朝經學大盛，美不勝收，皆造五鳳樓手也。然境地敻絕，不可攀躋。我輩誘進後學以經術，正如為五鳳樓造一梯耳。”其喻甚新。

天之生人，同此五官百骸耳，然而有富焉、貧焉、貴焉、賤焉。貴者所以治賤也，富者所以施貧也。貴之治賤，人所共知，若富之施貧，罕知其理者。夫天亦何難使鵠面鳩形者盡擁厚資哉，以其度量性情不足以享受福澤，故使財帛萃於一人，冀其積而能散，以為眾人之母耳。若慳吝而不濟人，則非天予以富之意矣。

余在滇中，每一文書來，皆手自標年月，復簿記之，以為此衙門必不可少之事也。及詢之寮寅，多不如此。此以知實心任事之難。

閻丹初相國常語余云：“世人動謂辦事要才，此謬論也。《學》、《庸》中何嘗有才字？《大學》言理財之道，不外忠信；《中庸》言爲政之道，不外誠明。能忠信誠明，不言才而才在其中矣。”此言稍奇，而細思亦殊有理。

凡待人，不可有一毫炎涼；然人之以炎涼待我者，切勿記憶也。如此，省多少忮求，存多少忠厚。

余少年詩文，成於酒後者，皆多有天趣，較之於醒時殊勝。

凡人不可貪天之功。余見某公每得一雨，必曰此余某日拈香默祝所感也；或雨多少霽，又曰此余某日設壇所祈也。卒之祈雨祈晴亦不甚驗。夫積謹畏之心以對天，猶恐不能格蒼昊，況乘以躁妄之心而欲攘爲己功乎？多見其不知量也。

魁端恪公嘗語余云：“能以秀才做八股之功夫，去清案牘治文書，官聲安得不好？”

《十三經》註疏浩如烟海，加以歷朝先儒解說聚訟不休，苟非性與相近者，閱數行便欠伸欲臥矣。然人人不必皆通經術，而經之大旨不可不知。何謂大旨？如讀《易》便當知孰爲漢儒、孰爲宋儒之說，王弼、韓康伯之說，與漢儒何以不同，則《易》義明矣。讀《尚書》便當知孰爲今文、孰爲古文，近儒攻僞古文者，以何説爲最確，則《書》義明矣。讀《詩》便當知鄭何以不同毛，朱子《詩集傳》何以與毛鄭又異，數説宜何適從，如此則《詩》義明矣。凡能知經學之大旨，便不至爲陋儒。若夫考究於一字一句一名一物之間，較異絜同，爬梳鈎核，此則視其力之所到何如耳。

臬司衙門所讞各獄，除劫犯應就地正法外，其餘則惟請部示。斬立決者，多亡命兇惡之徒；至情罪稍輕列入秋審者，大半可矜憫，或因小嫌而搆釁，或因戰鬪而傷生。嗟乎！此皆不教之民也，乃駢首就誅，能無痛乎？余每讞此等獄，不禁爲之墜淚。

凡每科翰林，除滿人外，其陞遷最先者，多半不利。如道光丁未，長沙徐壽蘅侍郎最先躋卿貳，後因事鐫秩，迴翔三四品京堂者幾二十年。同治乙丑科，聊城楊協卿前輩最先得學士，未幾即病歿。戊辰科，吳縣吳子實前輩留館後三兩年即大考第一，升學士，後督學廣東，爲言官所劾落職。辛未科，張幼樵前輩任講官時錚錚有聲，驟遷副憲，未幾往福建視師，敗於馬江，閩人訟其罪於朝，削籍遣戍。老子云"不爲福先"，信矣。

凡讀書人好言治生，鮮有不受累者。曾勉士學博建議築沙田，又堰水種魚，云可致富；徐佩韋大令嘗以區田之法種稻，行之皆無效，且負債纍纍。可鑒也。

凡偽爲謙恭者，其狀必忸怩；偽爲直諒者，其言必囁嚅。持此推測，什得八九。

居官自然以勤公事爲主，但必宜以二分精神讀書，二分精神應酬，六分精神辦公，庶乎兼盡。不讀書則識見不能擴充，不應酬則怨我之人即能敗我公事。東坡云："人情貴往返，不報生禍根。"北宋時已如此，可歎也。

凡居官所有章疏建白，皆宜于事有濟，不可明知其無用，而姑博一己之直名。邇年言路大開，皆以建言爲捷徑，或竟借此以希附於清流。竊謂以媚人爲鑽營者，其術拙，以劾人爲鑽營者，其術巧。心術之不端則一也。昔袁子才云："余讀李燾《長編》,①覺宋仁宗時無闕失，而諸臣上疏喋喋不已，蓋恃其君寬仁，必不罪我，而我借此得名，可相夸詡。其心皆不忠愛。"斯誠洞見癥結之言。今之上書言事，其意不在於夸詡者，能有幾人耶？

凡居官者，當令人愛，然亦當令人愁。辦事精明則幕友愁之，弊竇肅清則家丁書役愁之，餽遺微薄則戚友愁之，貲産不豐則並妻子愁之。此數種人，能得其愁，

---

① 指《續資治通鑑長編》。

則庶乎上答聖明，下留遺愛矣。

天下有三種人最難周旋，曰躁競，曰浮妄，曰陰險。躁競、浮妄之弊易知，惟陰險難知。凡譽我不以其理者，皆陰險之人也，宜謹避之。

居官宜有氣骨，而不可有氣燄。試問古來直臣，如馬周、魏徵、段秀實、顏真卿、包拯、劉器之、胡銓輩，何嘗有一種攀附之人與之昵比？如是，方是公忠體國。若雖無植黨之名，而黨與漸多，國事必陰受其害者，不可不察也。

凡子弟最不宜先令捐官。余每見官場習氣，凡爵尊而財多者，雖渾敦窮奇，亦必樂與之攀附；否則縱有顏曾之行，班馬之才，夷魚之節，[①] 皆漠然置之，無爲之致敬者。曰：以其不能有益於己耳。嗚呼！人心如此，風俗安得不壞？

能讀書是我輩本色，斷不可以此驕人。灌夫罵座，劉四罵人，[②] 畢竟是讀書尚少。

---

① 夷魚，伯夷、史魚（春秋時衛國大夫）。
② 劉四，唐代劉子翼，排行第四。

天下無超群軼類之大才，所謂才者，皆閱歷而出。倘聰明高而閱歷少，其辦事必有不周到不穩當之處，任人者不可不知。

余於政事，自問非所長，而文學不敢不勉。每自辰至酉，孜孜不倦。或勸余節勞，余曰："吾人忝著儒冠，苟不能籍文字以傳，便虛生一世耳。"

余於乙酉二月十四日夜夢遷居，頗有園池之勝，旋有饋紙百番者。覺而占之，曰遷居者，遷秩也，紙者，止也，言當知止而休也。翌日即蒙恩記名，以道府用。自惟官至四品，亦不為不顯，惟未能報稱涓涘，斯可愧耳。與其尸位素餐，不如守周任"陳力就列"之訓，① 潔身早退，或不至妨賢路乎？余以止庵自號，自是年始。或問余居官以何者為要，余曰："生平自問無他長，惟能不受一毫不可對人之錢，不做一件不可對人之事而已。"或笑云："此所謂三尺童子皆知之，百歲老人行不得。"

香奩詩最易壞人心術。然讀李義山詩，能知其大半為令狐綯而作；讀韓冬郎詩，能知其皆亡國故君之感。如此則於作詩之旨有合矣。

---

① 周任，上古良吏，有謂"陳力就列，不能者止"，見《論語·季氏》。

　　近時疆臣多講求製船造砲之法，冀以爭勝洋人。或又有詆爲無用者。余謂西洋人士與工合，故其藝特精；中國人士與工分，非靈敏絕倫者，不能通勾股測望之術，而於匠冶之事，又厭薄不肯爲，宜其本不能勝洋人也。或曰：然則盡屛黜機器而不用可乎？曰：是又不可。夫西洋機器，習之已數百年，而中國自同治初始有肄習者，前後不及廿年；譬之時文，洋人爲全篇文字，而中國則甫做破承題起講，又安有全篇文字？是未可以求速效也。意數十年後，必有智慧過洋人，能製器與相敵者，惜我輩不能及見矣。世之詆合肥相國者多未中肯，余爲持平之論如此，未審識者以爲何如？

　　余嘗默數歷代帝王長子，多不利。周之泰伯、伯考，西漢之劉仲，東漢之劉伯升，晉之司馬師，唐之建武，宋之藝祖，明之建文，皆然。繼而見士大夫家亦如此。吾粤最重宗祠，然各祠之人丁蕃衍、科名鼎盛者，多半不出于長房；而長房承祀之宗子，又半皆衣冠藍縷，儀注粗疏，祭祀時幾不能行禮。或以支子中之官秩最高者代之，亦有用一宗子、用一有貴之支子并舉行禮主鬯者。然又嫌于變古，願與知禮者審之。

　　勞文毅公云："爲督撫者，首要於舉劾得人。凡欲劾其人，必首先述其長，而後言其短；凡欲舉其人者，必首先言其短，而後述其長。未有不邀俞旨者。"此亦代常何作奏者所宜知也。①

郭筠仙侍郎嘗云："自三代以後之人才，大半營於名利之間而已。西漢人好利，東漢人好名。唐人好利，宋人好名。元人好利，明人好名。今之人又好利。"② 所言雖不盡確，然亦未始非一朝風會所趨也。

凡大學問大經濟，俱從樸實謹慎始，未有虛憍而能成事者也。今後生小子，讀得《漢書》兩本、杜詩幾篇，便訿訿然臧否流輩，動以淺陋罵人。若此者，吾決其終身無寸進，否則亦一淹蹇文士而已。

古人最重清議。如漢賈逵以不修邊幅，故不至大官，此漢人之清議也。晉陳壽居喪，使婢丸藥，爲鄉里所薄，此晉人之清議也。唐王珪既貴，尚祭祖父於寢，不爲立廟，議者非之，此唐人之清議也。當時尚未有宋儒議論，而人人皆畏清議，故不乏束修自好之儒。馴至今日，而清議並亡矣。嘗見某中堂某尚書，功業文章亦有可紀，而身後子孫絕不爲之撰行狀，刻神道碑，或問之，則支吾以對；徐究其故，則以贈人潤筆，募人刻石，非數百金不能，蓋愛惜小費也。又嘗見某公談論極風雅，又善

① 常何，唐初將領，門客馬周代其作文上繳，爲唐太宗所賞識。

② 郭嵩燾此意，亦見錄於文廷式《羅霄山人醉語》。

殖産，然於祖父之詩文，則吝惜不肯刊刻，若聽其湮没者。嗟乎！此何事而可以靳小費耶？若而人者，本原薄而識見卑，其居家如是，即決其居官必如是，未有不爲貪酷吏者也。顧安得一雅持清議者起而振其弊乎！

南海某明經云：“羲農堯舜渾穆之風，至今尚在人間，惜不可多見耳。即如正月元旦雞鳴而起，未有不欲室家和睦老少平安者，即此。太古之休風不過如此，惜其僅止片刻，若日出，人事生，或計較于財帛之贏縮，田園之豐歉，甚或蹴踘彈棋以爲娛樂，於是機械生，而真性漓矣。”此言雖俚俗，而却有至理。

凡用財之道有三：已出之財不宜追憶，恐其因此而與親友致嫌怨也；現得之財不宜濫收，恐其中有不應受者，異日雖欲却之而不可也；未來之財不宜預借，恐他日或值窘乏，難於責償也。此雖尋常處家之道，然聖賢制節謹度之理存乎中矣。

史繩之方伯嘗語人云：“在官時，非有印花之銀不可用。”此可爲居官者法。

凡人一藝成名，未有不用苦功而能登峰造極者。余在都中，喜聚金石文字，然每得漢唐碑版，第繙閱一過，即藏弄篋衍而已。惟見李若農前輩，每得一碑，不論工拙，必手摹一通，其邊旁偶有不同及結搆新異，並詞語有不可解者，皆別標出之。故其書法渾穆雄深，冠絕流輩，無體不備，無字不工，固由天分之優，抑亦學力然也。

嘗聞友人云：侯官林文忠公之政績固爲一代名臣，然亦頗善取名譽，凡行一善政，立一奇功，必寫親筆信一二百函，上自樞府鉅公，下及韋布名士，並禪僧羽客之熟識者，咸有手書詳細備述。得其書者珍如拱璧，皆樂爲之延譽。故道光中督撫辦事精細者頗不乏人，而公享名獨盛，抑亦其應酬周到之功也。余見胡文忠、丁文誠、沈文肅及近時李合肥、閻朝邑相公、彭雪琴宮保，皆喜以親筆書致人，在署中判牘外，惟寫信而已。或亦即文忠之意。

張月卿中丞云："各省中大小官員，督撫其頭腦也，各府其耳目也，州縣其手足也；惟司道最不能任事，然所託最尊，又觀瞻所繫，殆如人之有眉乎。凡人精神煥發，必先於眉見之，若眉毛脫落，則必爲人所憎惡，是司道宜以有清望者爲之，自然百僚肅而庶事集矣。"此喻甚新穎。余任糧道年餘，苦無事可做，中丞此説，真可謂先得我心矣。

唐鄂生中丞云："凡理學必貴躬行，經濟必貴閱歷，均非可以談論取勝也。惟詞章則不然，每與二三朋好工斯道者談論一次，則識見擴充一次，積之久而淹通貫洽矣。"《易》曰"君子以朋友講習"，[①] 其斯之謂乎？

　　吾粵人多踴躍於科名，而恬淡於仕宦。凡士子，非青一衿登一科者，不能爲鄉中祭酒；既釋褐後，或因祖嘗饒裕，或因館穀豐腴，遂謝脫朝衫，有終焉之志者，比比皆是也。余嘗考明代粵中士大夫，多與中原士大夫往來，而仕宦亦盛，故議禮廷推諸舉，皆有粵人厠其間。至於詩文，亦狎主中原壇坫。嘉靖中之前後七子、五子，不乏粵人。即如國初之屈、梁、陳諸公，亦喜與外省名士締交，未嘗不通縞紵捧敦槃也。不知何時而習俗一變，乃與中原聲氣絶不相通。觀乾隆間，詞臣多以文章受特達之知，而粵中僅得一莊滋圃相國；其實相國原籍福建，非累代居粵也。至其時漢學盛行，而粵人無解此者，殊覺弇陋。若詩文，則馮魚山、宋芷灣住京最久，與中原人酬唱較多；黎二樵與許周生、李南澗尚識面，王蘭泉、黃仲則、翁覃溪輩則僅有通函。此外張、黃、吕諸公，自南澗外更無酬唱之人矣。或謂粵人口操土音，不甚能與外省人酬對，豈明及國初諸公皆不操土音耶？此理之不可解者。大抵吾粵風氣多篤實，不急急於表襮名聲，不染時賢標榜習氣。如倪秋槎、彭春洲輩，往往有詩文

---

① 此出《周易·象傳》，非《周易》本文。

絶工，而名不出於嶺外者。其好處在此，其受病處亦在
此也。①

止庵筆語　　　男祖任校刊

---

① 此條之意又見馬其昶《雲南糧儲道譚君墓表》，見附錄。

于滇日記

　　光緒十一年夏五月初六日奉上諭："雲南糧儲道員缺，著譚宗浚補授。欽此。"臣聞命之下，感悚難名，當於初七日趨詣謝恩。蒙召見養心殿，皇太后首垂詢："汝到過四川否？"臣謹對："從前曾任四川學政。"又問："四川考試，弊竇甚詳。"又云："聞汝能整頓否？"臣謹對曰："試場作弊，防不勝防，惟能弊去其太甚而已。"又問："雲南路程極遠。"臣未敢對。又問："到雲南是否皆陸道？"臣謹對："官站皆陸路，若走辰沅一帶水道亦通。"又諭云："邇來官場習氣甚深，汝到時務宜力加整頓，事事皆當認真，以期共濟時艱，毋得因循貽誤。"臣謹對以當恪遵聖諭。又問起程在何日，臣謹對以領憑後即起程。少頃諭令退出。越日謁樞府各位，閻丹初協揆迎謂余曰："君作外吏，京城少一博古之人，外省多一辦事之人矣。"先是，余在翰林，資俸已深，計今年可得坊局。曾向掌院力辭京察，而掌院徐桐必列余名。或云徐公有意傾陷，故京朝官多代余惋惜者。其實京官、外官，皆朝廷雨露之恩，余亦何敢稍爲歧視。惟是京官已爲熟手，外官諸多未諳。且近年著述粗有端緒，今一行作吏，此事遂廢，將來拾遺補墜，又不知何時。此則余所耿耿不忘者耳。

　　二十六日詣鴻臚寺謝恩。

　　七月初二日赴吏科領憑。晤李次青廉訪。

蒙恩簡授雲南糧儲道五月初七日召對養心殿恭紀

　　光緒乙酉夏，六合咸雍熙。帝曰汝宗浚，督儲西南陲。臣浚九稽首，鞠跽升玉墀。臣質實樗昧，恐復瘝厥司。帝曰吁汝往，攝挩毋固辭。汝昔督蜀學，聲名朕所知。莘莘縫掖輩，至今口碑垂。汝才實幹濟，自可持旌麾。臣聞六詔地，古號邛筰夷。開道始漢武，神駒產雄姿。六朝暨唐宋，馴叛恒羈縻。完顏始隸籍，拓畬耕畲菑。國家大德廣，文軫通滇池。華顛及齠稚，沐化咸娛嬉。嗚呼咸同際，戶限生貙貔。探丸互仇殺，白刃鋒差差。縣官不敢問，養癰慝自貽。奸民村社聚，悍帥山澤貲。幾成藩鎮勢，部署由偏裨。王師迅电埽，鼓勢擒蛇豨。手持日月鏡，再燭西南維。七擒孟獲陣，三塚蚩尤尸。邊氓稍蘇息，忭頌歌聖涯。邇來島夷狡，又復窺藩籬。越裳既被紿，有類□由欺。邊關近合市，販鬻來侏僛。縱云被純繢，豈易防漏巵。自古馭邊吏，所重清節持。黃金縱如粟，詎可渝素絲。灾黎當拯卹，猾吏當窮治。羸兵當減汰，遠裔當撫綏。宸衷悉廑注，縷析詢無遺。懸知苴蘭外，若戴春臺曦。玉音復垂問，抵任當何時。長途犯霜露，谷嶺多險巇。小臣聽天語，涕下交頰頤。誓捐肝腦報，遑恤頂踵私。馳驅萬程驛，一一皆聖慈。臣昔侍禁近，稠疊承恩施。忽持繡衣斧，四牡行逶迤。睠睠望紫闕，喜極

翻成悲。菲材實駑鈍，敢詡追鋒馳。文章矢報國，
致效惟毛錐。願陳聖功德，永勒鐘鼎彝。試摹出師
頌，並廣棠木詩。

赴任滇南留別諸同人得詩六首

丹詔朝來下九閽，喬雲輝映到衡門。誓盟止水
微臣志，眷念長途聖主恩。召對時詢及路程遠近。辛苦
慣同驢踏磨，氄氆真愧鶴乘軒。由來報稱無中外，只
要心肝奉至尊。

東門祖餞黯將離，不爲顏公二始悲。絶徼適當繁
劇地，菲才憖負聖明時。敢同王貢彈冠慶，轉悔申韓
讀律遲。曾侍帝晨趨直久，終期補闕近罘罳。

猶憶臚雲甫唱名，十年面壁學研京。自知禔淺難
高位，私擬文章答聖明。條例甫編樊紹述，典章勤考
杜君卿。而今筆研都焚卻，□意何時屬稿成。

幾輩輜車候吏迎，疲僮贏馬獨長征。遷移豈盡明
廷意，余力辭京察，而掌院不允。或云同年某實媒孽其間，以傾
陷余也。冷煖方知世俗情，手版頭銜隨熱宦，鳳池雞樹
恍前生。長沙賦鵩今休歎，我過長沙更冊程。

拔劍悲吟感百端，馳烽幾載徹且蘭。朱鳶接界覘
窺易，青犢連營奠定難。學治未嫻勞案牘，拯災無術
愧饔飧。依然學舍書生樣，襆被蕭條一葉寒。余不攜眷

屬之任。

千里雲山使節馳，重勞知舊致箴規。交游未易
輕傾蓋，結習休教尚癖詩。任嗜蝦蟆隨俗好，莫題
鸚鵡倚文詞。自慚榮戟非初志，早晚辭榮餌紫芝。

燕歌行

西風蕭颯天雨霜。獨鶴夜叫鵾雞翔。思君不見
徒斷腸。帶長簪短私自傷。憶昔陪君白玉堂。夜如
何其歡未央。豆登岳嵩酒瀲滄。迴風激盪調笙簧。
明月照燭羅襦襠。自從睽別栖空房。機中唧唧啼寒
螿。豈無朱絃奏清商。世無知音誰得詳。君如白日
升扶桑。普照六合騰紅芒。願鑒幽室迴清光。妾人
隕涕悲淋浪。中宵摽擻愁難當。人生歡會安得雙。
君不見參商牛女遙相望。

別故居詩效宋芷灣先生體

別　書

少年獵文史，欲讀恒無貲。及乎插架滿，展閱
神已疲。我居輦轂下，典籍供娛嬉。亦時下朱墨，
點勘多存疑。京曹乏金玉，恃此矜豪資。今晨忽斥
賣，輦載歸賈兒。然脂足代爨，易餅聊充飢。平心

下轉語，聚散理亦宜。本來非我物，放佚奚足悲。
君看永樂典，萬帙今無遺。有書不能讀，嗟嗟遠
官爲。

別　花

我居近花窖，紅紫紛葳蕤。每逢市擔過，拂拂
香風吹。千錢恣購買，種植羅階墀。奚僮竊相罵，
此老何太癡。客居如傳舍，恐復他人貽。或言花悴
茂，亦預人興衰。今年牡丹萎，運塞吾亦疑。炎涼
及草木，世路吁可悲。汝花亦蹭蹬，惜不朱門移。
花前歌別曲，侑以黃金卮。明晨視花露，厭浥如漣
洏。有花不能賞，嗟嗟遠官爲。

別　酒

美酒乃天祿，於官卻匪宜。愛官不愛酒，俗病
從何醫。憶從使吳蜀，供傳羅珍奇。兼年累病肺，
杯勺安敢窺。及乎返里後，輒復思朵頤。乃知賦命
薄，官纖難充飢。酒兮我與汝，遭際吁可嗤。昔爲
相見數，今爲長別離。衡齋風日美，當復時相思。願
言解龜去，一石浮鴟夷。有酒不能醉，嗟嗟遠官爲。

二十八日先發行李書籍往通州。

八月初二日起程。陳天如、廖澤群、何雲裳、崔夔典、孔伯韶、崔次韶、區鵬霄、吳星樓、倫夢臣均送余至長椿寺，惘惘而別。戴少懷學使適謝恩，未及來送。四川、江南諸門人亦多來送者，江南諸君送至蟠桃宮，又出城里許，始揖別，情意肫摯，尤可感也。是日晴涼，惟雨後土路尚有沮洳者。晚抵通州宿。

初三日晴涼。午後開船，晚泊馬頭，近二鼓矣。

出都口述

中歲厠承明，備官將一紀。幸蒙聖代恩，坦路騁駬騏。雖殊揚子才，竊摹貢公喜。誓將報主知，鋪荣揚懿媺。下以曉頑氓，上以陳愔史。此意竟不酬，繡衣行萬里。昔為昇天雲，今為覆階水。回首望君門，惻愴何能已。

惻愴夫如何，泣下霑襟裾。王程有期會，不得留須臾。欽鵃肆鳴叫，豺虎方睢盱。薨薨青蠅飛，況使黑白渝。高談偶臧否，輒復攖禍樞。旭日耀扶桑，不鑒微忱愚。良朋豈不惜，無計援淪胥。銜觴不暇語，閔默登長途。

長途何迢迢，是古滇侯國。上蟠深箐青，下洶古池黑。路經黔楚交，毒淫聚虺蜮。猿猱錯悲啼，

魑魅覷行迹。伊昔屈賈流，未嘗至斯域。而我獨何
為，窮邊荷長戟。天其使遐荒，誦讀習儒墨。升沈
杳難知，起坐頻太息。

太息復重陳，初願鬱未伸。丈夫志四海，所貴
宏經綸，茲邦界緬越，習俗殊獷馴。箭弓盛蠻衖，
弦誦多儒巾。忝膺百城首，所貴宣皇仁。何必藉柔
翰，然後傳千春。況聞山水勝，蒼洱尤絕倫。籌邊
日多暇，名地足吟呻。無為坐窮困，戚戚徒傷神。

傷神誠匪宜，憂至輒深慨。悠悠蒼穹高，我輩
安位置，非無江海情，拂袖言歸避。恐辜明主恩，
不忍遽沈廢。去住兩蹉跎，將行勢殊礙。所期策駑
駘，敬慎隨有值。振轡從此辭，回風動酸鼻。

初四日晴涼。晨過香河。午後順風，薄暮雷雨大作。
抵蔡村下數里遂泊。

**季弟書來，知伯兄以四月四日病歿，今已三閱
月矣。人事牽迫，無暇追輓，舟次潞河，乃和淚
哭述四章，以志哀感。悲慟痛切，情見乎詞。**

人生無百年，離別固其理。胡為天夢夢，荼毒
乃至此。君病我未詳，君歿我難視。天屬胡闊疎，
覥顏實堪恥。忽憶季春書，肺病良漸已。眠食雖云

差，龍蛇尚滿紙。悲哉鬼伯强，一旦還蒿里。展轉讀遺緘，竊疑君未死。噩耗雖有期，傳聞但妄耳。悠悠望彼蒼，淚下如鉛水。

我生甫齠齔，失恃嗟煢煢。幼年苦荒旱，弱冠遭夷兵。提攜賴君共，跋涉恒兼程。當時性跳盪，豈免君怒攖。倘非守嚴誨，淪落將何成。微名幸一第，蹎躓慚簪纓。君今已長訣，胡不燕臺行。想應魂魄弱，未慣風濤驚。哭君血涕迸，思君愁緒縈。酹君君未覺，空有壺觴傾。願爲松與柏，常得依君塋。

自從春夏交，精神鬱如結。嚙指恒動悲，兼之肺肝熱。意謂偶耳鳴，作勞應稍歇。豈知折翼祥，先兆在旬月。聞君病侵尋，半爲文園渴。腳氣苦蹣跚，頭風遂牽掣。中庭有珠蘭，順風颭芬烈。君恒醉其間，長嘯或晞髮。如今君已亡，觴詠定銷歇。勿觸家人悲，願花恒不發。舉首懟天公，胡爲生麴蘗。

迴風吹練帷，燈影慘將綠。徘徊望南雲，橫膺淚盈掬。當君訃到時，我適膺微禄。亦思助葬歸，王事苦覊束。漢人或去官，此例今難復。悔不早抽簪，猶能拊棺哭。遥知九京魂，悲喜亦相續。喜我忝繡榮，專城剖符竹。悲我萬里行，頓遭武溪毒。君曾詣象岡，壽藏早營卜。墳前圓石文，待我徵寶録。報君期千秋，一瓣默遥祝。

初五日晴暖。午抵天津。

初六日晴暖。晨起過張筱傳觀察同年紹華行館暢談，時觀察方奉檄守候高麗大院君於天津試院。大院君年近五十，貌清癯，能畫蘭竹。時廷議將遣之歸國，故觀察在此與之周旋也。午謁合肥師，相隨晤吳清卿星使大澂，季士周都轉邦楨，萬蓮初培因、周玉珊馥、胡芸楣燏棻三觀察，章琴生編修同年洪鈞，王蘊山觀察同年嘉善，于晦若比部式枚。晚返寓，張觀察偕戴蓮溪前輩鷟翔過談。

初七日晴暖。季都轉及張、戴、周、萬諸觀察皆招飲。晚飲合肥師相節署。

初八日胡觀察吳星使均招飲。

初九日晴暖。廖澤群編修適由京來，遂同寓旅店。

初十日仍在旅店候船。

十一日巳刻，坐順和輪船，未刻啟行出海口。時水涸，甚爲迴折。晚四更後，暴風陡發，如鉦鼓聲。

十二日晨起，風狂益甚。船籭撼竟日，晚始風息。過烟台。

十三日晚過黑水洋，澄鏡不波，灑然自喜。

十四日巳刻過長江口，驟雨如注。晚抵滬寓客店，日已曛矣。

驛　柳

短長亭堠半黃昏，鴨綠鱗鱗一色勻。飛絮尚仍過別陌，長條爭解絆征人。和烟和雨都如夢，輕暖輕寒不算春。曾是靈和宮殿種，忍教淪落委風塵。

昔年濯濯萬千枝，憔悴成圍又一時。合比羈魂悲馬角，敢將新樣鬭蛾眉。青樓豔冶誰相妒。紫塞蕭條恐不支。十載冰霜磨鍊久，折腰垂手總非宜。

馱鈴一路響斜陽，壓酒誰家玉甕香。弱質但求攀折少，遙程敢怨送迎忙。江南碧堠鶯啼雨，關外黃泥馬背霜。但到郵亭已腸斷，況聽羌笛奏伊涼。

年年榮悴道途中，憐汝飄零亦斷蓬。合作屏藩障北塞，肯求噓植媚東風。蔭人溫比連陰檻，抱病心如半死桐。爲語天涯寥寂甚，幾人邂逅駐黃驄。

留別廖澤群編修

君是辭官我到官，一尊相對共汍瀾。蒼茫不盡臨歧恨，窮達都愁避債難。_{余出京負債甚多，不能攜眷之任。}夢裏青山虛共隱，愁中白日勉加餐。萍蓬相遇知何處，恐已星星兩鬢殘。

悼　鵲

雙鵲巢樹巔，飛飛自得所。下枝營室廬，上枝蔽風雨。比來育數雛，伏菢亦良苦。自許文采佳，同群果誰伍。遂遭鷙鳥嫌，不得共廬處。昨者厲吻來，軒然矜爪距。雌吟悲辛酸，雄弱輒騫舉。群卵無一完，灑空血如縷。共居大化中，並屬飛鳴侶。胡爲恣貪饕，快意任誅取。乃知媢嫉多，負才易遭侮。豈無相愛人，援引誰肺腑。屈平感荃蓀，杜老傷萬苣。古也則有然，吾悲劇辛楚。亦欲訴鳳凰，帝闍詎蒙許。悠悠宇宙內，世路極深阻。

十五日至廿四日俱在客店候船。內弟許鳳生茂才_{衍模}於二十日先返蕪湖。廿二日邵筱村_{友濂}、蘇伯賡_{元瑞}兩觀察招飲。

廿五日晴暖。遣伯彤中表偕眷屬坐北京輪船回粵，而余坐元和輪船往鎮江，均於是晚開行。廿六日陰寒。午過江陰，晚後驟雨大作，船爲水中浮木所結，擾攘竟夕。

廿七日晨起泊鎮江。雨甚，行李盡濕。余擬訪馮展雲師於揚州，因別僱一小紅船，而風大不能行，仍在鎮江小河泊。三更後北風如虎，顛簸異常，念眷屬今日方過福州洋，猝遇此颶風，必遭驚怖，爲之輾轉不寐。吁！余以薄祐，被邁讒人，遠官邊陲，妻孥闊別，每見船中長年三老輩，猶得籌燈促膝，與孩童稚子戲謔爲歡，勝余輩多矣！廿八日仍在鎮江守風。午後稍晴，遂渡江泊瓜洲口宿。

鎮江守風

夜來朔吹何森森，風吹海門愁太陰。雨昏浪鳴翠蛟出，石塌穴改黃鼉吟。我生何爲坐慘戚，苦戀朝簪歸未得。城南尺五高會多，誰識羈人淚橫臆。

舟中詠八賢詩

漢淮陽太守汲長孺

吾欽汲淮陽，嶽嶽神峰峙。尚近漢武皇，肯阿張御史。齋閣任高眠，滬風差可喜。不見蘇子瞻，禍緣春睡美。

漢河間太守張平子

平子工研京，文藻何秀拔。一從綰郡符，邈與京城闊。悵望青槐殿，沈吟白獸闥。徒詠四愁篇，君門豈能達。

晉始平太守阮仲容

樂理久失傳，始平獨冥覺。識高荀衛流，秘通龍趙學。紛紜簿領間，素志違沖漠。借問平囊尊，何如竹林樂。

晉永嘉太守謝靈運

靈運匪純士，其才乃天人。性乖遘物忌，志遠屬時屯。嗟哉世網狹，麟鳳難庇身。山居早歸去，何事攖風塵。

宋始安太守顏延年

陶公與顏公，蘭茝實同世。共抱曠達情，豈忘經綸志。時運既我違，沈冥但狂醉。不能媚要人，豈免作外吏。

梁新安太守任彥昇

朱异既怙權，任公旋被黜。一棺瘴海還，葛帔行慘慄。廉吏不可爲，聞之古人述。丈夫貴立名，妻孥詎所恤。

唐北海太守李泰和

李公如弦直，忠確乃被誣。冤深都亭瘞，酷過巫陽呼。千年石室頌，翠墨高璠璵。土苴竟誰在，嗟嗟彼讒夫。

宋蘇州太守蘇子美

子美擅詩才，逌然丹山鳳。何哉飲食嫌，微釁紛搆訟。晚營滄浪亭，花竹恣游弄。但見文醲娛，何知避讒痛。

夢亡兄

夢短長兮夢見驚，连牀對語不分明。那堪帳冷燈殘後，恰聽江南斷雁聲。

廿九日晴暖。巳刻抵揚州，午謁展雲師於行館，談京華事甚悉。

聞粵東水災感賦

頻年嶺左困誅求，又見長堤潰上游。楗石早知庸帥誤，徒薪翻荷聖人憂。高城杉檜隨風拔，絶岸黿鼉入市浮。聞道金錢頒少府，稍欣春盎到南州。

滿目鴻嗷大澤呼，連村多半入菱蘆。沈沈苦霧張超市，慘慘流民鄭俠圖。幾輩黃紬仍睡臥，深妨白捍恣睢盱。路人痛憶朱巡撫，綏定瘡痍近見無。道光癸巳廣州大水，時巡撫朱莊恪公桂楨親往西關勘災，至徒跣涉水。道遇縣丞呵殿來，罰之長跪乃已。

九月初一日，巳刻展雲師招飲，談讌甚歡。午後返船即啟行。晚泊三岔河口關卡下宿。

過揚州謁馮展雲中丞師，即承招飲，賦呈一首

延津神龍劍，會合蓋有神。焉知廿年內，復此
蹤跡親。憶侍高要公，猶是觸讎辰。齒牙荷獎借，
感激懷孫甄。公兮實詞伯，文藻輝彬璘。先帝昔御
試，藪澤羅鳳麟。曾袁沈毛輩，一一皆國珍。撫循
責外吏，虞和宣儒臣。公時正侍從，鳴玉拖長紳。
風流冠寮列，見謂儷喬倫。十年事反覆，虜騎生郊
闉。堅持汲黯節，恥拜安仁塵。以兹坐沈困，溟漲
無縱鱗。徒聞滯華省，幾類吟江濱。長安古大藩，
都邑更漢秦。特起領邊寄，三輔熙陽春。膠庠文學
盛，旺庶風俗醇。咸歌中牟魯，願借河內恂。青蠅
忽詆玷，群吠多狂狺。詆諆肆污衊，毫髮成千鈞。
義存大臣體，未忍爭斷斷。歸臥蜀岡前，臨流岸幅
巾。尚時引躬責，自恐辜皇仁。嗚呼鈎距輩，炙手
憑要津。竊威類叢社，正氣幾沈淪。終膺少卯戮，
宙合旋清新。共驩既貶黜，元凱宜升掄。天高聽復
遠，此議誰當伸。賤子昨行邁，卸帆及清晨。登堂
仰顏色，誥訓何諄諄。上懷宗社計，下感誅求頻。
班荊罕別語，想見憂國真。問答乃未已，高堂觴炙
陳。世途近迫隘，戶限成荊榛。安知今夕會，不遭
流俗嗔。丈夫感知己，肝鬲橫輪囷。豈能媚權貴，
甘效轅駒馴。獨慚朽木質，竊類飛蓬賓。讀書未讀
律，何以蘇斯民。霄漢忝通籍，門牆欣庇身。幸尋

諭蒙作，爲寄西南人。

初二日晴暖。晨過瓜洲口，飯畢渡江，磧岸迴接，晴瀾不波，文鱗仰窺，暄鳥群戲。王司州云：“雲日開朗，山川蕩滌，此景庶幾仿彿矣。”午抵鎮江候船，酷暖殊甚。是夜四鼓上江孚輪船宿。

初三日晴暖。巳刻啟行。未刻抵金陵，晤張汝南_源溱、金曙潭_士魁兩大令。夜過蕪湖。

過金陵

重到金陵地，江寒水自流。無人知過客，除是舊沙鷗。

初四日晴熱，午抵安慶。晚過小孤山，聳秀可愛。夜過九江。

初五日晴暖，申刻到漢口鎮，在益記棧宿。

初六日辰刻，唐泉伯觀察_廉、李仲平司馬_{毓森}招飲電報局。是晚益記棧主人莊君亦琴招飲，余仲嫂之弟也，是夜北風如吼。

初七日晨起風甚，擬渡江不果，仍寓客棧。

初八九日均寓客店。

初十日晴暖。渡江謁周福陔漕帥師，並晤莊麗乾大令則敬。

十一日晴暖。謁裕壽山制府，並晤蒯蔗農方伯年丈德標、黃子壽前輩彭年、高勉之學使釗中、李香園太守有棻。餘俱未得晤。

十二日各當道均回拜，並晤承墨莊、朱蓉生兩星使，瞿賡甫觀察廷韶，同鄉瓊山陳蘭渠大令富文來謁。

十三日同鄉信宜李庚仙增棨、開平司徒翼庭袞均來謁。午後大雨，晚飲黃子壽前輩署。

十四日周漕帥、高學使、蒯方伯均招飲。

十五日同鄉公請，主人莊麗乾則敬、洗幼樵廷瑜、楊習之學源、陳蘭渠富文、李庚仙增棨、司徒翼庭袞也。午後移船往漢口。

十六日表兄沈伯彤、內弟許鳳生均到漢。雲南委員惠問泉山來謁。

十七日寫家書寄回廣東。晚後莊君偕同人來送。

十八日開船，而南風甚大，不數里抵江漢關下泊。

十九日晴暖。微有風，曉過鸚鵡洲、晴川閣等處。午經沌口，晚抵金口宿，離漢陽六十里。

望晴川閣

萬柳碧成烟，烟中人刺船。舉頭看畫棟，似欲障青天，朔雁浮寒渚，飢鳥下野田。登臨自多感，□後此山川。

南　樓

薄酒不成醉，浩然登古樓。江山留勝迹，天地入清秋。高醻那能再，昔賢不可求。徘徊殊未已，涼月下沙洲。

二十日晴暖，行七十餘里，抵鄧家口泊。

泊鄧家口

燭滅燈殘夜氣清，亂山銜月到牀明。玉墀待漏今無分，獨對荒江數五更。

廿一日晴暖，午過簰洲。晚抵馬頭泊，夜有雨，淅瀝竟夕。

廿二日晴暖。有南風，舟行甚緩，晚泊嘉魚縣。

廿三日晴暖。晚泊綠溪口。

廿四日晴暖。午後微雨，晚泊新堤，有雨。

讀王右軍傳

右軍誓墓時，年齡猶壯歲。一與懷祖乖，幽棲遂忘世。探勝窮金庭，留題遍蕭寺。豈忘濟時艱，審己知進退。嗟余薄祐人，乖迕中時忌。趙壹困院院，屈平久顦顇。先人昔遺言，經濟匪輕試。但當作儒官，慎勿求外吏。十載痛蹉跎，出山負初志。上慚玷門基，慈訓虞顛墜。下愧睹民艱，弱才荷邊寄。雖蒙浩蕩恩，負乘恐貽累。聞有葛稚川，棄官昔長逝。鐵橋何蒼蒼，深谷多松桂。欲往從之游，風濤渺南裔。

廿五日晨起有微雨，北風大作，揚帆行一百餘里，抵岳州泊。

登岳州城樓

目極江城萬戶烟，艣聲帆影落尊前。憑高便有無窮感，卻指長安落日邊。

廿六日晴暖。有南風，行七里阻風，遂泊君山下。

廿七日晴暖。行廿里許，至團山外一沙灘宿。晚二更前颶風大作，黑雲如盤，遥聞波濤洶涌，翻簸之聲令人震駭。我舟爲風所撼，擱淺在沙灘下，幸得無恙，至五更刁調猶未息也。是夜與同行諸君然燭清談達旦。每誦東坡詩"我生類如此，無適不艱難"，爲之流涕，意造物以余性乖戾，宦海風波或未深悉，故以此尼其行耶？

廿八日辰刻後風始息。以修船，仍泊沙灘上。

廿九日阻風不能行，仍泊沙灘側。厨人以斷炊告，借舟子米食之。

過洞庭遭颶風效玉川子體

　　東粵有一士，束髮能文章。平生傲睨多白眼，下視八極皆茫茫。自從筮仕來，作事逢角張。昨浮洞庭㳇，擊檝從襄羊。頗疑季秋節，暖氣蒸溽如探湯。果然蓄極始一洩，天維地軸翻雷硠。軒軒大鵬鳥，衙衙黿鼉僵。離離海馬駛，宛宛青蛟翔。吹山欲平海欲竭，況此高帆短檣如蚊虻。黝然世界作純黑，所未盡蔽惟湖光。顛翻震掉不許住，意欲世外求深藏。余乃執笏跪籲而禱曰，下士宗浚再拜稽首言。臣質實愚戇，所遘多艱屯。不能媚朝列，不能候權門。致遭讒慝口，捷捷還幡幡。聖明實高遠，或未知覆盆。臣非薄外仕，慮或辜聖恩。量才受職古所制，敢使尸素乘高軒。果蒙璽書下，俾貳滇中藩。臣雖在江海，戀闕猶肫肫。所期報知遇，拂袂歸田園。胡爲躑躅此邦土，盲風伏雨爭掀奔。豈其厄運坐磨蝎，要使往殉彭咸魂。戔戔天宇高，厥聽實具邇。鑒此螻蟻誠，不遺瑣與鄙。爰乃命巫陽，呼慶忌，召賈生，迎屈子。示以獄詞，俾相料理。或言彼讒人，陰謀過牛李。蔽賢尚當誅，況乃搆菶斐。宜攖崇羽誅，俾共肆朝市。否則使宣室內召如賈生，抑或俾商山隱淪逐黃綺。神聽似否否，語汝勿煩憂。凡諸罪譴重，感召悉汝由。汝不見孔翠易來射，獮猢終被幽。良金賤躍冶，美玉妦暗投。汝

胡搜牢剔瞵日不休。風雲月露恣嘲弄，海若被覷山
靈愁。有如韓與孟，雙鳥鳴啾啾。爭喧破蛙黽，騁
怪騰蛟虯。天公憐汝太狙獪，故畀放逐來遐陬。汝
如在北地，槃敦交唱酬。手調制氏磬，響和虞賓球。
趨陪雲陛奏韶濩，上引姚姒參唐周。錞于服匿解辨
識，下逮瓦篆兼敦牟，貪奇嗜瑣百無厭，日事豪奪
還奸偷。汝如在東極，挂席滄溟流。六鼇釣得不稱
意，徑欲盡抉珊瑚鈎。汝如在南國，投贈多朋儔。
壇壝互角逐，山水窮雕鎪。豪懷或擊鶴樓碎，散髮
時逐陽阿游。朱明秘怪日露泄，盜取扃鑰難藏收。
惟茲西徼絕邊地，日月不與中原侔。禹鞭罕駐轡，
穆轍稀停輈。窮鄉少雞犬，仄徑多猿猴。蝮蛇蟒蠱
立當路，上有怪鳥鳴颼颼。使汝意氣銷沮，精神溫
浮。朝懷百憤，夕鬱萬憂。槁鬵若餓隸，桔莘若縲
囚。誓將學聾啞，豈肯隨咿嚘。仰承台司被穿鼻，
下對僚吏難伸頭。口呿舌縴坐摧抑，詎暇諧謔如俳
優。再拜謝神言，少年多氣勝。儻然等狂且，欲與
天公競。昨非今始聞，矯之貴崇敬。勿爲窮途悲，
通塞詎非命。勉哉金人緘，多福神所聽。

卅日曉起放船。午後微有風。晚泊湖心，四面水雲
無際，惟聞浪聲閣轕如鉦鼓而已。

十月初一日晴暖，曉起開船。午後抵孝感廟，適阻

風，遂泊。

初二日晴暖。仍阻風孝感廟。

初三日晴暖，辰刻啓行。午後順風出湖口。晚抵南嘴下數里泊。是晚驟寒，北風狂吼，聞船桅終夜獵獵有聲。

十七日陰寒。雨雖不大，而終朝淅瀝有聲。晨起行二十里至牟珠洞，洞在寺後，内一石作瓔珞下垂，狀屹然，當中僧人就以爲佛像供之。其旁石乳如綴珮，如累棋，璀璨萬狀。聞洞中深數里，未審是否。寺左修竹檀欒，鳴泉閣轕，旁近洞壑甚多，若稍加修治，當不減浙中飛來峰吾粤觀音巖也。午在新安驛尖，① 晚宿龍里縣。是日路頗長，復多泥淖，甫卸裝而天曛黑，已僕痺馬瘏矣。

牟珠洞

窺岫晃翔陽，遵途踐濕雪。鳥聲喋不聞，人影亦凄絶。寺門鬱穹窿，石洞伏庨豁。誰移化人居，綴此萬松末。無地容雲棲，有天睍石缺。履愁蛇霧霑，衣受虎風裂。瓏瓏瓔珞交，太始孰凝結。白垂

---

① 尖，即打尖，旅途中休息、進食。下同。

兩眉深，紺作千乳漱。引臂修狄橫，袒肩應真活。
奔走諸村氓，鼓鐘日吆喝。我聞者□城，近已盛胡
羯。像設既被焚，靈蹤久消滅。胡爲蠻洞中，供養
尚芬潔。宿緣想□留，法力猶未歇。欲往問空王，
徘徊望林樾。

十八日陰暖，午抵谷腳尖。飯畢行路殊泥淖。晚抵
貴州省城，寓客店中。

十九日晴暖。謁潘偉如中丞，並晤曾摯鳴方伯紀鳳、
李次青廉訪元度、黃讓卿元善、吳誠齋自發兩觀察，楊雪漁
學使文瑩。未幾員梧岡太守鳳林、林舜琴大令品南均來謁。
時同鄉寓此者，惟林因之觀察福培爲素交，顏子布觀察培
霈爲夏廷師堂弟，以乞病假未得晤也。其餘東省同鄉有
刁省齋副將士樞、吳月樓占先、程益三友勝兩參戎，許瑞生
鈞鴻、何雲門龍祥、陳枚臣廷佐、江鼎臣勳和諸牧令，張卿
珂通判驥、張星池縣丞煥奎；西省同鄉李曉雯錦華、徐遜
齋士謙、梁華堂宗輝、官崎韓三傑、張茹華邦熙、陳芝生葆
恩、龍騰之得雲諸牧令，姚小泉通判善澍，均來晤談。晚
飯時員太守、林大令均送酒饌甚盛。晚有微雨。

二十日陰晦。晨起湖南譚竹村瑤林、譚伯闓希杜兩大
令均來見。竹村復送余酒饌，情致可感也。午刻中丞招
飲節署。申刻同鄉公請，在兩廣會館，地頗閎壯，略有

竹樹之勝，吳觀察送酒席。廿一日辰刻起行，中丞親到館過談，並贈弁兵十人，以資護送。刁副將、員太守、林大令復送至城外驛亭；同鄉亦有十餘人出城郊送者，惜匆匆未能細談，然鄉誼正不薄也。午在狗場驛尖。晚抵清鎮縣宿。是日路皆平坦，且站亦不長，到館猶"落景半遥城"也。[1] 清鎮縣市集頗盛，署令周君紫峰慶芝出城相迎，供饌頗豐腴，出京以來此爲最矣。又晤邑人張荔園太守輴新，蜀中故交，近緣事鐫職，茶話久之。

廿二日晨起驟寒，繁霜滿瓦，手指欲僵。午抵樓梯哨尖，飯後晴暖。晚抵安平縣宿，縣令何選齋銓來迎，並贈酒饌。

安平遇雪

客裏逢殘雪，渾疑故國梅。遥知蒲澗路，亦有數枝開。日落愁征騎，天寒負酒杯。黔中驛路，酒皆酸澀不可飲。何如歸卜築，鋤月闢蒿萊。

廿三日晴寒。辰刻後狂風尤甚。午抵石版房尖。居人多叠石爲牆，厚薄適均，質潔可愛。晚抵安順府城，城中頗殷賑，普定縣令呂杭之緝光來迎，並餽酒食。惟客

---

① 此用南北朝劉鑠詩，原作"落宿半遥城"。

店殊惡劣，穢濁不堪，竟不許余住行臺，亦可異也。是夜夢至都中，与諸同好角酒論詩，醒而憶之，不勝玉堂天上之感。

石版房

養鷹妨脱絛，養馬利銜勒。古來馭遠經，首在播文德。□陵昔臨朝，鬼方阻重譯。撻伐勞□謨，氛霧久充斥。觥觥西林公，仗鉞秉謀畫。民懷葛亮仁，寇憚王商色。侵尋近百年，又復煽蛟螱。虫氓豈盡頑，恐或吏□□。洪爐燎鴻毛，元惡幸誅磔。皇輿廓再清，純績來奉職。昨過石版房，蠻村聚千百。銀鐲耀晶光，布裙垂娓嬧。他族爾無滋，耕鑿幸努力。上有帝軒農，下有臣契益。前車鑒匪遥，螳臂豈能敵。乾坤正清夷，勿弄潢池戟。

途中雜詠十首

荒 村

亂後邑市改，巋然留此村。神鴉朝噪社，猛虎夜夔藩。陋俗成夷犵，誰家朕子孫。絶憐甘冒禁，罌粟滿畦繁。

故 壘

故壘蕭蕭冷，當年此潔蠻。碑題訛缺後，垣堞
有無間。仄徑稀人問，斜陽只鳥還。并蜂妨有毒，
毖患顧思艱。

廢 畦

墾荒頻下令，此地尚榛蕪。豈乏人扶耒，都愁
吏責逋。苔蘋生故瀆，蓬藋塞平途。爲語紓民困，
先除卜大夫。

破 屋

亦在乾坤內，何嘗異畫堂。破牆朝浥雨，斷瓦
夜留霜，應有孤寒客，高歌獨寐章。思之求未見，
搔首極蒼茫。

古 祠

琳宮昔巍煥，今日遍荒榛。莫拜稀巫覡，衰興
閱鬼神。蠨蛸懸玉座，苔蘚上金身。莫爇狐鳴幻，

耕犁俗漸馴。

怪　石

第論形瘦皺，何必減仇池。荒裔看長老，多才
世未知。黝痕抓蘚棘，黑氣入蛟螭。莫被奇章見，
千夫輦運疲。

疲　馬

神駿豈輕覷，半多才下中。祇求勝任負，何必
定驍雄。苗猓戈鋌息，滇黔市易通。未須愁突陣，
努力陟蠶叢。

寒　鴉

憐汝依宮禁，曾陪早暮朝。即今來遠徼，苦被
雪霜飄。短翮臨風歛，歸心向日遙，任教鷹隼忌，
高舉已雲霄。

斷　碑

但讀貞珉字，龔黃盛此時。鋪張文士筆，鳩歛

小民貲。時代豈云遠，姓名多已遺，石碑如解語，
應稍別澠淄。

病　樹

枵腹偏何物，猶承天地春。庇人知乏用，栖魅
或能神。牽引藤蘿密，潛藏鼠蝠鄰。芟夷同惡竹，
休使據要津。

廿四日晴寒。大風，午抵腰鋪尖。晚至鎮寧州宿。
是日路既坦平，兼之循山麓而行，無躋陟之苦。山不甚
高，然多在平地拔起，秀挺可觀。州牧郭瑟如廷璵，四川
隆昌人，余門人郭人彤之姪孫也，出城來迎。時郭牧未
接篆，辦差者爲曾君樹德，郭牧眷屬亦寓行臺。晚間余
留郭牧共飯。薄暮有微雨。

廿五日陰雨。午抵黄角樹尖，飯後行半里，見水簾
二道，溯洄異常，殊足一洗囂塵之耳。晚宿坡貢，地屬
安寧州，離州城八十里，州牧何君德馨遣人來候。是日山
色頗佳，然路危狹難行，又兼以雨後泥濘，不免勞者之
歌焉。①

---

　　①　《公羊傳》何休注：「男女有所怨恨，相從而歌。飢者歌其食，
勞者歌其事。」

黃角樹

山徑苦漫平，得泉勢乃活。入山渾厭山，砭耳頓清澈。初奔爲湖渚，直瀉若雷挈。巖巒屯曀陰，日月避飛沫。凌危下虛無，蓄憤爭注洩。靈胚竟誰開，太始孰窮詰。或云珍珠拋，驪龍此窟穴。或云海眼通，崩灌日不竭。否則氣母含，雲腴貯芬冽。仙人來酌瓢，漱齒勝嵰雪。忽思黔地貧，氓庶厭糠籺。小吏肆誅求，寡妻目流血。安得挽此泉，頓化金玉窟。慰彼蚩蚩氓，一朝蘇涸轍。水利近罕求，污萊孰耕堡。非無諭蒙書，文具殆虛設。召杜匪難希，臨風企來哲。

道旁見野花璀璨可愛

黔中天暖雪來遲，凍後陳英尚暗滋。自有凌冬顏色在，向來沒骨薄徐熙。

廿六日大雨。午刻丁老塘尖。晚抵郎岱廳宿。廳同知伊禮庭凌阿到公館來談。是日路皆崎險。

郎岱道中

一徑上蒼烟，人行似倒懸。馬頭惟絕碉，鳥背已青天。惻想洪荒始，誰人鑿空先。纍纍崖下首，風雨泣凄然。

廿七日陰寒無雨。晨起即上大坡，坡頂有打鐵關，上有"巖疆鎖鑰"四字。復循坡逶迤而下，險仄殆不可名狀。午抵半坡塘尖，飯後仍下坡。又數里，過一石橋，傾陷者屢矣。昔之武溪毒瘴戍卒哀吟、隴水流離征人嗚咽，僕今所遇，殆猶過之。又見一石，狀如華蚨，上寫"蓮花巖"三字。將至驛前，路稍平坦，夜宿客店，地名毛狗塘，市集寥寥數處。是日尖宿處均粗糲，不能下咽，惟煮麯食之。晚有雨。

半坡塘

坡陀一何深，百折竟未已。俯臨石有陳，直視鑿無底。意疑地府鄰，豈有再轉理。誰知下嶺顛，正接上峰趾。盤盤側步行，出入細如蟻。駕空疑挾仙，啖影每妨鬼。足凌片雲輕，背倚萬峰峙。鄙人遭屯邅，何適非困否。牢騷徒自危，呼籲正難恃。以茲悟達生，嗔怖亦不起。寄言惇卞流，裂眦漫相視。稍報明主恩，行將謝泥滓。

廿八日陰晦。午後驟晴，巳刻在阿都田尖。安南縣令王君勉齋戀祖遣人餽酒食。晚宿花貢，王副將鳳鳴駐軍於此，遣隊伍來接。是日路雖敧仄，然視昨日殊勝，又沿山多雜樹，丹黃爛然，非從前童赭者可比矣。

廿九日清晨大雨如注。起行時雨稍止，沿路層峰叠嶺，屢轉不窮，泥滑途敧，輿夫屢踣。下山視所行處，幾在霄際矣。吾粵郭藕江太守《蜀道中》詩云："青天已足底，再上當何之。一笑謂山靈，爾何戲我爲。"深歎其狀物之妙。午抵白沙地尖。普安縣楊玉雯大令藻遣人送酒饌，飯畢路仍崎險，然視晨早較勝。晚抵貫子窰宿，居人牆壁頗峻整，惟街衢及房室均溲溺縱橫，如入穢人之國；晚所居店尤垢濁不堪，雖焚迷迭之香，浥薔薇之露，而穢氣正未嘗少減也。村中竟無白粲，仍煮麪食之。已數日矣。

三十日陰寒。晨起路殊平坦，巳刻抵上寨尖。飯後經天心坡，頗高峻難行。晚抵楊松宿。是日沿路采煤者特多。

上寨驛

黔民多穴處，面目如枯黧。采煤萬峰頂，躡險緣階梯。盡日不盈擔，價賤如塗泥。近儒侈富國，算測宗泰西。開礦乃大政，利與鹽鐵齊。苗疆縱僻遠，豈乏璧与珪。鵶斑及犀點，峒戶爭提攜。惜哉陸運遠，險徑難攀躋。遂令洋舶恣，擁利盈朱提。

願乞天公惠，憫此烝與黎。貨殖俾饒富，水陸容遠
齎。庶覯宇縣康，稍拯飢寒啼，停車及茲里，日瘦
氣憯悽。至寶乃棄地，破寵生蒿藜。奈何尚責稅，
老稚頻酸嘶。

十二月初一日晨行，大風殊甚。午抵劉官屯尖。署
普安廳余君雲煥遣人惠雞鴨，婉詞謝之。晚驟晴，至兩頭
河宿，是日坡嶺雖不高，而沮洳磽确，輿夫蹇澀，如鮑
家驄馬緩步難工。雖行四十五里，其艱滯殆不啻七八十
里，乃知俗云過郎岱後三驛路便平坦者，謬也。連日村
醪皆惡劣，無一滴可沾脣者。

初二日晴暖，然大風殊甚。巳刻抵海子鋪尖。晚在
亦資孔宿。平彝縣令劉君紹田樹勳遣鋪兵來迓。是日路皆
平闊，稍異往觀。

初三日晴寒。巳刻大霧殊甚。將至滇南境，有二峰
如龍，土人云雨龍主黔、旱龍主滇，斯蓋与零陵陰陽之
石相類矣。未幾至界牌，有額曰"滇南勝境"。劉令偕汛
弁迓於關帝廟，即小坐茶尖復行。沿路見梅花甚多，繁
簇如雪，益令人思庾嶺、羅浮也。晚抵平彝縣，公館即
在縣署，抽釐局委員崇益堂州同謙來謁，晚後留劉令
同酌。

初入滇界

黔山盡處疑天盡，忽轉群山路一條。遠望層岡鵬翼展，漸多平路馬蹄驕。寒雲尚自依殘壘，古木端難問往朝。臥聽麗譙鈴柝靜，喜看邊徼已塵銷。

抵平彝作

荒城如壞玦，斜掛亂山中，崩堞餘泥紫，高林積瘴紅。燈稀知驛小，酒賤想年豐。康濟愁無策，慚看竹馬僮。

初四日晴寒。晨起劉大令、崇州同均來送。巳刻多羅鋪茶尖，客店庫陋殊甚。未刻抵白水驛宿，日尚未下春也。南寧令皮君治卿爾梅來迓。是日路平適可喜。

初五日晨起陰晦。飯畢始起行，午抵霑益州。州牧冉君吉皆謙率吏目、教官、把總來迎。公館即在州署，到時日尚亭午也。午後驟晴，然風狂吼不息。

初六日晨起寒甚，午抵三岔河，在小廟尖。晤曲靖府施濟航太守前輩之博、釐局委員光君進德，太守知余有玉堂天上之感，互爲慰藉，余亦不覺黯然也。飯畢抵馬龍州宿，州城窮僻殊甚。知州高卓吾其嶧率教官、吏目來見，並贈《爨寶子碑》。高君爲勉之同年堂弟，河南人。

晤施濟航太守前輩之博君由翰林出守曲靖，時亦有歸志。

> 溝水東西有別離，人間何處不參差。那堪聽鼓
> 鈴轅日，轉憶簪毫粉署時。來日大難拚共醉，我曹
> 相惜恐成癡，燈前各灑思鄉淚，但訂歸期總有期。

初七日晨起行五十餘里，至草鞋板橋尖。客店甚陋，長沙舞袖不能回旋，[①] 無足怪也。飯後行三十里，路甚敧仄，晚抵彝龍宿。是日站最長，晨晚地均屬尋甸州。知州阮君泰以考試事不能來謁，惟巡檢及外委來見於行轅。

初八日晴寒。午在河口尖，晚抵楊林宿。是日路益平豁，已近南中景象矣。嵩明州牧葉君如桐暨委員周太守廷瑞來謁，而糧道署書差尚未見來迓，公事廢弛如是，可歎也。

初九日晴暖。巳刻在長坡尖，霑益州牧陳仲平燕來謁。午後抵板橋，鳴升九大令前輩泰率僚屬來迎，並見於行館。

---

① 典出西漢時長沙王劉發：漢景帝時來朝，跳舞賀壽時"但張袖小舉手"，景帝問之，答曰："臣國小地狹，不足迴旋。"

初十日五鼓起行，大風寒冽。九點鐘入城，湯幼庵
聘珍、鍾厚堂念祖兩觀察迎於南門旅次，省中張中丞以下
均遣人來迎，僚屬親迓者百餘人。抵城寓榮華棧。是日
即拜當道各位。

旋粵日記

余在詞垣，素不欲外任。爲東海徐尚書中傷忌嫉，強以京察一等保送，乙酉五月遂拜督儲滇南之命。是年十二月接篆視事，然睠睠戀闕之意未嘗忘也。先是，在京時友人或云糧署風水不利者，余弗深信。及抵任，見公事不能大有作爲，而鬱鬱獨居，遂嬰痼疾。上書移病者屢矣，而爲紳民所留，上游亦弗允。迨丁亥八月得瘧疾，未幾漸愈，而元氣大虧，變爲兩骹酸軟。至戊子正月，腳氣益甚，行步蹣跚，嘗衙參須兩人扶持，上游始有憐憫之意。滇省醫生又無能辨病源者，或益以糧署風水爲詞，余於是決然作歸計矣。以戊子二月初五日移疾，初八日奉憲檄准其開缺回籍，并委松晴濤觀察林來署糧篆。

於十九日起程。是日辰刻，同鄉諸君在兩廣會館公餞，意可感也。巳刻出城，曾摯民方伯紀鳳，鄧小赤廉訪華熙、湯幼菴聘珍、松晴濤林、鄧樂君在鏞三觀察，桂香雨太守霖，樂燮臣大令理瑩，暨諸僚屬并各營員弁，送者近百人。督撫、學憲皆遣人來送。余瀕行，貧不能辦裝，西林宮保、序初中丞由志書局撥千金，余始得任脂車之役。出門後感上游之德，意爲之惘然。又余在滇南無善可稱，惟究心水利，倡脩官渡河，又增普濟堂孤貧二百名，添建房屋七十所，及設古學以課士，辦積穀以備荒，是三年來所稍稱意者。是日，河工紳士率官渡河紳士紳民焚香跪送者數百人。山長羅星垣、庶常同年瑞圖、倪翰

卿太守藩亦率諸生數十人來送，內石屏朱筱園庭珍、昆明
李垕盦坤皆課中高足，美才也。辦積穀委員吳彬卿大令申
祐、紳士繆竹湖孝廉嘉言亦同到，可知滇民人情尚厚，而
余政績不能上媲龔黃，① 滋疚恧耳。午後經黃土坡，叠嶺
綿亘，升降爲勞。晚抵七甸宿，地屬呈貢，李竹琴大令
明塾遣人餽酒食，在店樓上居，亦頗爽塏。曾蔚江刺史樹
榮，王雲甫大令廷棟，吳琢輔清彥、姚敬儒、趙蘿孫勵昌三
參軍，門人楊東屏明經魯，均至七甸相送。晚後過談。
是日晴暖，傍晚有雷雨。

　　二十日曉晴。早行七星坡。坡勢陡折，峭險異常，
甫下坡忽黑雲如磬，震雷狎至，急依大樹下避之，殊形
震駴也。午復晴。抵湯池尖，其地有溫泉，以腳痛不暇
過訪。宜良王儀臣大令續盛來迎於此。午後經腦袋坡，山
箐拔而路迤長，視前兩坡尤爲勞頓。自湯池至宜良，皆
西林宮保起家帶兵獲勝處也，至今父老猶能言其事。是
日余轎墜地受驚，古人云“奔車之上無伯夷”，② 余省此
言，輒破涕爲笑。晚宿宜良城外客店，足疾殊甚。

　　廿一日晴寒。甫出門數里甚平迤，旋渡鐵池河，俗

---

① 龔黃，西漢龔遂、黃霸，泛指循吏。

② 語出《韓非子·安危》，本作“奔車之上無仲尼，覆舟之下無
伯夷”。

名小渡口，過河即上山，坡陁險峻，令人出門即有津梁疲倦之歎。① 其地名青山坡，俗呼爲靈官廟坡，蓋路南州境也，午抵新哨尖，州牧陳春泉先溶具酒饌來迎。午後起行，石多奇峻，遥見一峰聳秀可愛，如千鋌畫插，如萬笏駢攢，上有佛殿，土人呼爲峨眉閣。殆斯境與蜀中大峨小峨相類也。晚行沙礫中，滿地皆頑石如亂羊，頗仿佛泛舟贛江、沅江諸灘光景。夜宿天生閣，地屬陸涼州，州牧杜君鳳保遣人辦站，客店陋劣殊甚。

廿二日晴暖。午抵哨尖，寓嚴氏宅，微有園亭花木之勝。晚宿馬街，廛市頗盛，寓一古廟中，釐金委員金靜生司馬元勳來謁。是日路稍平迆，然無景可觀。尖宿皆陸涼州所預備也。

廿三日晴寒大風。曉行里許即登大坡，盤折而上。至陰涼箐，其地本尖站，而地方官無設站者。然計只得一茅屋，亦萬不能供張也。余餒甚，食蒸餅數枚以充飢，再過層岡，叠嶺升降甚多，沿路杜鵑花爛然如錦。晚抵師宗縣，縣令、同鄉李君法南鴻楷故舊識也，率教官、典史、武弁來迎謁，以考棚爲行館。

---

① 語出東晉庚亮，見卧佛曰："此子疲於津梁"，見《世説新語·言語》。

廿四日仍寓師宗行館，午後李大令過談，話都門舊事，殊款款也。晚大風。

廿五日曉行，李大令偕寮屬來送。午抵大偏山，本尖站也。而羅平杜牧遣人云：廢多羅店舍尤劣，請即在此作宿站。[①] 亦姑聽之。所居爲一破屋，然屋後有牡丹數株，土人不識，等於野花。"一種國香天不管，任教流落野人家。"[②] 誦涪翁詩，可三歎也。是日初出門路殊平迆，惟將至店時稍有坡潤耳。

廿六日晴暖。沿路犖确殊甚，輿夫顚踣者屢矣。過廢多羅縣，差備辦尖站不及，余以離羅平僅二十五里，遂催趨前行。未刻抵城，州牧杜君志成、守備莫君雄謀、吏目戴君恩偕武弁來迎。莫君同鄉，東莞人；戴君，蓮溪大前輩之孫，余舊派河工委員也。是日供億頗豐，杜君、莫君復遣差兵送余出滇境至黃草壩，余尤感之。

廿七日晴暖。起程時杜大令等均來送。沿路均平坦，至三道溝，峰巒微有可觀。午抵板橋，釐金委員侯君澍棠來迎謁，并餽土儀。是日即在店樓宿，午後大風。

---

① 羅平杜牧，指羅平州牧杜志成，見下。

② 此黃庭堅咏水仙花詩，本作："可惜國香天不管，隨緣流落小民家。"

廿八日曉行有雨，侯大令出郊相送。巳刻驟晴。午抵清水河尖，飯畢復行，忽震雷虩虩，急趨大樹下避之。是日沿路碎石極多，輿夫蹇劣如壽陵之步，由清水河至江底本三十里，然自巳至酉始達，亦云瘁矣。晚復有雨，羅平牧杜君遣人辦站至此，尤可見情誼之厚。

廿九日晨起驟寒，雖重裘猶覺其冷。甫出門，過八達河，此爲滇黔分界處也。渡河後即上高坡，數十處盤旋曲折，如艰天門。午抵小狗場尖，飯後多下坡。而行將至黃草壩，前釐金委員鄧馨山太守庭桂、興義縣劉霞村大令杭及教官典史來迎於道左。余自寓客棧中。是日呂功甫州牧調陽之兄鼎山職員御卿邀余主其家，余力辭乃已。鼎山仍餽酒食，情意肫摯，可感也。黃草壩爲國朝愛星阿、吳三桂襲永明王入滇處，[①] 及吳世璠據滇叛，將軍穆占、趙良棟亦由此進兵。先後興亡如出一轍。今則廛市繁盛，爲兩粵入滇通衢，不復知有戰場廢壘矣。晚驟雨。

三月初一日陰晦。是日仍寓黃草壩客棧中，飯後往各處答拜。鄧太守招飲，弗能赴也。劉令餽酒食，以途中不復騷擾卻之。

初二日晴暖。馬畢橋尖頂哨宿。是日路平站短，到

① 永曆帝朱由榔，原受封永明王。

站時僅午正耳。沿路水田頗修治，村落亦多植桑果，可知黔民之勤，遠勝滇民之惰也。或滇中官吏督課未勤歟？

初三日晴暖。辰刻在正滕尖。正滕村落頗修潔，兼有弦誦之聲。聞亂前爲一巨鎮，今十不逮一矣。晚抵馬鞭田宿，熱甚，夜不能寐。

初四日晴熱。甫出門即行坡嶺數十重。沿路皆荒田，無墾闢者，與前數日所見絕異。輿夫又不識路，屢屢迷途。家人從小水井辦尖站，而輿夫從山上過，遂至相左。余餒甚，急催趕至三道溝，始得脫粟飯之。計是日路程，應住小水井，而馱夫欲住三道溝。計行約九十里已，車殆馬煩矣。晚酷熱。

初五日晨起，狂風如吼，急披數裘。然抵山則風不甚大，又下坡盤旋，路益低，天氣益熱。行三十里至坡腳，遂止不行。尖宿皆在此。客店與傭保雜坐，又近豕圈，穢雜殊甚。惟旁有小門俯瞰小溪，樹色波聲，風泉滿聽，凭几靜對，意愜久之。薄暮大雷雨。

初六日循□水而行，俗名包芽河。路皆仄險，殊形勞倦。經白沙坝小憩，午抵板□，尖宿皆在此。

初七日仍循□水而行，俗又呼爲豬水河。路與昨日相仿彿。午抵板篷，尖宿皆在此。二更震雷大作，繼以雨風，霹靂之聲達旦。

初八日曉起，大雨如注。然余決意起行，及出門數里，雨亦旋止。仍沿□水循坡麓而行，凡卅里，遂渡□水抵八渡尖。尖後多循淺溝深澗而行，沮洳可厭。晚宿西隆舊州，土州判謝君棣芳，電白人也，來謁，以客店破陋不得見。此處廛市頗盛，粵人爲多，有粵東會館。

初九日晴暖。巳刻秋芽尖。午後板桃宿，客舍之劣，殆非人境，真糞土牆也。聞初尚繁盛，遭火後遂殘廢云。

初十日晴熱。行坡麓中，意甚平適。黃土坡小憩，午至潞城，尖宿皆在此，熱不可忍。

十一日晴熱。在風洞尖，借書塾爲之。晚宿羅里，酷熱非人堪。客店無牆，以葦泊爲之，鄰人童號婦聒皆可聽，囂雜殊甚。

十二日晴熱。至竹篷，尖宿皆在此。是日購得鱖魚，食之而美。然頗覺熱氣攻人，非屪軀所能支矣。

十三日毒熱非人境。至新店宿時，值風流街事之期，兼有梨園、六博，主人僅讓半屋，而其姻婭來趕高會者數十人。熱至不可刻忍，余左臂感暑無力，然尚無大礙；迨三鼓後，左腿筋絡猛跳異常，急服補藥鎮之，然不可止。侵晨起來，則左足跛矣。嗟乎！東海尚書忌才陷善，一至於此。設余非外任，又何至奉父母之軀而行此播州非人居之地耶？爲之泣下。

十四日炎熱。在飯樂宿，公館頗高澈。同鄉周星伯太守德溥爲余辦站於此，可感也。然余病跛，惟水窗高臥而已。

十五日曉行卅里，抵百色廳。是地廛市駢集，皆粵人。各當道知余病跛，皆差人來迎。余亦甚樂也。抵船晤周星伯太守德溥、黃北葵州同鴻材。周君供億豐腆，余深愧之。黃州同偕順德譚韻南來視，爲余開飲。子午後，夏養泉刺史敬頤過談。

十六日曉起入城，拜當道各位并同鄉會館首事。邀請會館移住，不能從也。夏直牧餽酒食，並派炮船護送至南寧。

附録　碑傳

雲南糧儲道署按察使譚叔裕先生墓碑

唐文治

世運之盛衰升降，於文化驗之；文化之消息盈虛，於一人之身驗之。一人未竟其志，文化因之而衰，世運即因之而剝，此天地之幾出於無可如何者。嗚呼！若吾師譚先生是矣。

先生諱宗浚，字叔裕，廣東南海人。曾祖諱學賢，國學生，妣陳氏；祖諱見龍，國學生，候選布政使司理問，妣劉氏，繼妣冼氏；考諱瑩，邑廩生，道光辛卯科優貢、甲辰恩科舉人、內閣中書銜、瓊州府學教授，妣黃氏，繼妣梁氏。先生梁太夫人所出也，生四歲而梁太夫人卒。稍長，教授公授之讀，一目十行，日盡數卷，爲文操筆立就，洋洋千言。年十六以國學生中式；咸豐辛酉科本省鄉試舉人；辛未教授公卒，哀毀盡禮；甲戌應禮部試，舉進士，以第二人及第，授職編修。

先是壬戌歲，先生計偕公車，時中英和約初定，先生俯仰時事，憑眺山川，作《覽海賦》以寄慨，凡數萬言，都人士交口稱誦。迨通籍後，聲譽益大著，碩德名臣爭以文字相結納，朝廷有大典禮著作之任必推先生。毅廟聞先生才名，特旨召對，尤稱異數焉。

丙子散館，旋奉命督學四川。前任學使南皮張文襄公之洞創建尊經書院方成立，聞先生繼其任，則大喜曰："譚君來蜀，士有福矣！"先生益嚴別弊竇，獎借英才，選刊《蜀秀集》，士林翕然仰爲儒宗。壬午與仁和許恭慎公庚身同奉命典試江南，甄拔多知名士。歷充國史館協修、纂修、總纂，功臣館纂修，本衙門撰文，起居注協修，文淵閣校理，庚辰、癸未兩科會試磨勘官，教習庶吉士。

乙酉京察一等，記名以道府用。初，尚書吳縣潘文勤公祖蔭總裁國史館，屬先生纂修《儒林》、《文苑》兩傳。先生博稽掌故，闡揚幽隱，方脱稿，而簡放雲南糧儲道之命下，天語溫綸，慰勉周至。先生感激，單騎入滇之任。後詳詢地方利弊，治水道，親詣履勘，次第脩濬白龍潭等十餘河，溉田六千餘畝。發工費時，躬至諸村傳諭鄉民，給領不假書吏，一切火耗等弊胥革除，民大悦。丙戌冬，兼權按察使，於歷年積案多所平反。然精力過耗，氣血日虛，得胺腫證，於是引疾乞退；而上遊方資倚畀，紳民攀轅固留，不獲已，復回本任。設古學以課士，開堰塘以灌田，辦積穀以備荒增，置普濟堂以惠孤寡，百廢舉興，劬勞更甚，而體不支矣。

戊子二月，再請開缺回籍調理，始獲請，顧貧甚，不能具資斧，大吏撥志書局費千金以贈，始得脂車以行。蓋先生固兼任志書局總纂，平日不受薪費者也。嗚呼，其廉潔如此，足以風世矣！是年二月十九日，取道百色回籍，沿途濕熱鬱蒸，足疾增劇，迨行抵隆安縣，遽歿於旅次。

嗚呼，先生居恒精研學術，砥礪廉隅，屹然不爲風
氣所轉移。有識之士方冀其入台閣，備侍從，雍容揄揚，
潤色鴻業，即先生亦退然自願爲儒林文苑中人。徒以上
感九重之知遇，下念百姓之困窮，捐縻頂踵，無所顧藉，
迺至鞠躬盡瘁，不獲大用以終，悲夫！悲夫！

遺著有《希古堂文甲集》二卷、《文乙集》六卷、
《外集》四卷，《詩總集》十卷、《續集》一卷，《遼史紀
事本末》十六卷爲先生致力最勤之書，尚有《兩漢引經
考》、《晉書注》、《金史紀事本末》、《珥筆紀聞》、《國朝
語林》各種，屬稿未成，藏於家。生平好蓄書籍，而韓
杜歐蘇等集點勘至四五過，其劬學出於天性，有非常人
所能及者。

粵省爲通商鉅埠，民物殷繁，而講學之家寥寥可數，
自嘉道以來，知名者首推番禺陳蘭甫先生。顧陳先生精
攷據，達義理，其於事功未知若何；而先生則經濟文學
一以貫之，較諸蘭甫先生殆有過之無不及矣。

《周易》夬卦象辭曰：“夬，揚於王庭。”許叔重先
生釋之曰：“言文者宣教明化於王者朝廷，君子所以施祿
及下，居德則忌也。”而宣聖作《易傳》曰：“夬，決
也，剛決柔也；君子道長，小人道消也。”比年學說紛
歧，而粵省之棼亂乃愈甚，老成凋謝，道德淪胥，蕩然
莫知所紀極；藉令先生而在，出其所學，以振鄉國，何
至於此。然則世運文化進退消長關係於一人之身，豈非
然哉！而其遇剝而窮也，又豈不重可悲哉！

先生以道光丙午年閏五月十三日生，以光緒戊子三月二十八日卒，春秋四十有三，葬於廣州城東河水鄉之原。生子四：祖綸，國學生，安徽、亳州知州；祖楷，邑附生，出嗣胞叔幼和君後；祖任，邑廩生，光緒庚子科優貢，郵傳部參議廳員外郎；祖澍，邑附生，早卒。孫長序、長庚、長燿、長護。

祖任與文治相知素稔，一日偕兩昆以書來徵文。文治爲光緒壬午科江南鄉試先生所取士，知己之感每飯不能忘，其奚敢以譾陋辭。爰撮先生生平行誼，碣之於墓，俾後之論世者知所取則焉。

雲南糧儲道譚君墓表

馬其昶

光緒初，予年二十餘，遊京師論交，當世得可以爲師友者三人焉。曰孫君佩南，鄭君東父，柯君鳳生，最後又得譚君叔裕。此四人者，趣向不必同，然皆博涉載籍，篤行愓愓，君子人也。譚君寓廬相邇，恒朝夕見。

當是時，天下無事，史臣方纂輯《儒林》、《文苑》傳，以賡續阮文達公之所爲。君在翰林，淹雅有盛名，爲總裁吳縣潘公所器賞，俾總厥成。甫脫稿，而簡放雲南糧儲道，自以吏事非所習，意殊怏怏。

　既至雲南，再權按察使，修濬河渠，溉田六千餘畝，平反冤獄，恤孤教士，政聲大起。以水土瘴癘，居三年告疾，歸貧不能辦裝。[①] 光緒十四年三月己卯，行抵廣西隆安邑，遽歿，年四十有三。

　君諱宗浚，廣州南海人也。父諱瑩，舉人，官瓊州教授，性彊記，尤熟粵中文獻；文達督粵，開學海堂課士，聘爲學長，三十年不忍言去，門下傳業甚衆。子五人，君尤敏惠，年十六鄉舉入都，值英吉利款成，登眺山川爲《覽海賦》以寄慨，人競傳寫。而教授君以君齒幼也，戒讀書十年，毋遽求仕，授以《文獻通考》諸書，略能成誦。至同治十三年，始以一甲二名進士及第，授編修，出督四川學政，典試江南，所得多知名士。

　君嘗慨粵俗矜科第，不樂遠游仕宦，與中朝聲氣不相聞，當乾隆文化極盛時，通經學古之儒後先蔚起，而粵士曾無幾人，雖恬澹知止，然或亦不免孤陋之譏。既入翰林，遂欲從容究覃文史，以自成其學，竟不克久居以去，則才高而忌之者衆，宜君之憤懣而自傷也。

　今君歿三十五年矣，孫君爲令安徽，有循聲，鄭君通《春秋》三傳，亦相繼物故。國體既更，乃議修《清史》，予與柯君從事其閒，然亦衰且老矣。平生故人多在於錄，以所得於今，推以校於古，其盛衰隆替之迹與時推移，有不知其所終極者，烏乎，其可慨也夫！

①　編輯按："辦"原爲"辨"，誤。

君所著《希古堂文集》十二卷、《荔村草堂詩鈔》十一卷，皆已刻；其藏於家者，《遼史紀事本末》十六卷，又《兩漢引經考》、《晉書注》、《金史紀事本末》，均屬稿未就。夫人許氏，生子四人：祖綸、祖楷、祖任、祖澍。君卒之三年，葬廣州城東河水鄉之原。

署雲南按察使糧儲道譚君傳

（宣統）南海縣志

譚宗浚，原名懋安，字叔裕，南海人，瓊州府教授瑩次子。少承家學，聰敏强記，年八歲作《人字柳賦》，即為時所誦。年十六中咸豐十一年辛酉舉人，是年計偕入都，時英夷和議甫成，宗浚感慨山川，為《覽海賦》，洋洋數萬言，沈博絶麗。同治十三年甲戌成進士，以一甲第二人及第，授翰林院編修，充國史館協修、纂修，方略館協修，教習庶吉士，加侍讀銜。光緒二年督學四川，風裁峻整，任滿時選諸生詩文為《蜀秀集》，風行海內八年。充江南鄉試副考官，所得多知名士。

十一年京察一等，記名道府。宗浚不欲外任，向掌院力辭，掌院不允。居恒常言：“吾非厭吏事，但未能自信，家世文學，勉為循吏中人，不若勉為儒林文苑中人耳。”時方奏修國史《儒林》、《文苑》傳，派充總纂，手定條例，博訪遺書，闡揚幽隱。以前傳所錄，多大江南北兩浙山左諸人，因采山陝河南四川兩廣滇黔等省文學出衆者，補入傳中，以著熙朝文治之盛。旋簡放雲南糧儲道，在滇兩年，先後脩濬白龍潭等十餘河，溉田六千餘畝，設古學以課士，辦穀積以備荒，增置普濟堂以惠孤寡，兩權按察使，於歷年積案多所平反。

宗浚以文學之臣服官於滇，鬱鬱獨居，遂嬰痼疾。上書移病，爲紳民所留，上游弗允其請。十四年二月複呈請開缺，上游以病軀積憊，不忍再留，據呈代奏，有"該道品端學粹，才富年强，到任以來，修理河渠，督勸開墾，勵精圖治，政有本原，兩權臬篆，尤能認真清理，不憚艱辛"等語。瀕行時貧不能辦裝，上游令志書局撥給千金，始得成行。登程後濕熱鬱蒸，足疾增劇，行至廣西隆安卒，年甫强仕，論者惜之。時十四年三月二十八日也。

宗浚論駢體文，謂宜獨闢町畦，勿趨時賢所尚，深以應俗贋古爲戒，所作事覈言辨，根柢盤深，由絢爛漸趨平淡，詩醇而肆，不名一體。在滇所作，多憤激淒切之音，曾作《止菴上梁文》，尤爲淒麗。著有《遼史紀事本末》十五卷、《希古堂文甲集》二卷、《乙集》六卷、《荔村草堂詩鈔》十卷。

譚宗浚傳

《清史粵人傳》

宗浚，字叔裕，少承家學，聰敏強記，下筆千深（?），由絢爛漸趨平澹。詩醇而後肆，不名一體。性好游，所至必探其名勝。嘗與東莞陳銘珪游羅浮，鑿險縋幽，互相酬唱，銘珪以桂花酒餉之，宗浚為賦長歌，時以為追蹤太白。著有《遼史紀事本末》十六卷、《希古堂文甲集》二卷、《乙集》六卷、《希古堂詩》總集、外集。